子どもに贈る昔ばなし 16

# 占い八兵衛

再話
さがみ昔ばなし大学再話コース
山梨昔ばなし大学再話コース
長野昔ばなし大学再話コース
岡山昔ばなし大学再話コース
監修　小澤俊夫

小澤昔ばなし研究所

# 目次

## さがみ昔むかし

### 再話　さがみ昔ばなし大学再話コース

油を買いにきた小坊主（神奈川）……15
彦六ダブ（神奈川）……19
道祖神と八日僧（神奈川）……23
似せ本尊（神奈川）……26
大みそかの貧乏神（神奈川）……33
炭焼藤二郎（山梨）……37
犬とねことさるの一文銭（新潟）……42
天にあがった男（岩手）……47
八百六つの孫むかし（青森）……52

外国のおはなし

魔女の三つの鏡（フランドル）……………………55

## 甲斐のむかしむかし

再話　山梨昔ばなし大学再話コース

櫛形山の碁盤岩と天狗（山梨）……65
柿の葉書籍（山梨）……70
かぎ鼻先生（山梨）……74
強清水（山梨）……80
おもい（山梨）……83
どうもこうも（山梨）……86
ふたりのづくなし（山梨）……90
幽霊の始まり（山梨）……93
山の一軒家（山梨）……98
鳥のみ爺（山梨）……102

## うんとむかしのことだいね

再話　長野昔ばなし大学再話コース


鼻取り地蔵（長野）……111
ぼっこ食いむすめ（長野）……116
小泉小太郎（長野）……122
天狗の生き針（長野）……127
ぐつの話（長野）……130
かも取り（長野）……136
ムジナ（長野）……142
笠地蔵（長野）……144
河童の片腕（岐阜）……148

稚児岩（岐阜）…… 153
しゃもじのたぬき（岐阜）…… 158

## 外国のおはなし

かえるの嫁さん（ドイツ）…… 162

## 連れのうて　きこうや　岡山の昔ばなし

再話　岡山昔ばなし大学再話コース


占い八兵衛（岡山）……173
椎茸の始まり（岡山）……181
見るなの引き出し（岡山）……185
坊主の化け物退治（岡山）……189
ねこの恩返し（岡山）……199
ずるがしこいうさぎのはなし（岡山）……206
くも女房（岡山）……212
さる婿入り（岡山）……218
へび女房（岡山）……225

## 外国のおはなし

トロルを妻にすると…（ノルウェー）……231
おはなしの原話と再話者（グループ）……238

装　丁　小林将輝

# さがみ昔むかし

再話　さがみ昔ばなし大学再話コース

# 油を買いにきた小坊主

むかし、海老名の大谷に、油屋とよばれる大きな家がありました。もともと、近くの村から菜種やごまなどを買いあつめて油をしぼり、これを江戸の問屋へ送る仕事をしていたことから、そうよばれるようになりました。大きな仕事場には、何台ものしぼり機に楔を打ちこむ音がたえませんでした。

昼間はおおぜいの職人たちがあせを流してはたらいていましたが、日暮れになると、人気のない仕事場はがらんとして、気味が悪いほどしずかになるのでした。

そのころになると、きまって油を三合買いに来る小坊主がいました。頭を青々とそり、黒い腰衣をつけたかわいい小坊主でしたが、どこから来るのか知っている者はいませんでした。

「油を売る」という言葉があるように、油をはかるのには時間がかかります。一合枡（ます）一ぱいをはかるのにも時間がかかるのに、三合ではこれを三回くり返すことになり、日暮れどきに毎日買いにこられてはやっかいでした。

そこで店番の小僧（こぞう）が、

「一升徳利（いっしょうどっくり）でまとめて買いにきなさい」というと、小坊主は、

「一軒一軒（いっけん）、ひとにぎりの米を托鉢（たくはつ）して歩くのも出家（しゅっけ）の修行（しゅぎょう）なら、毎日三合の油を買いに通うのも出家の修行だと和尚（おしょう）さんがおっしゃるのです」と答えました。

「それでは日暮れどきでなく、明るいうちに来なさい」というと、

「そうしたいのですが、私がおくびょうで夜道をこわがるものですから、日暮れどきに油を買いに通うのも出家の修行だと和尚さんがおっしゃるのです」と、申しわけなさそうに目をふせてしまったので、小僧はそれ以上何もいえませんでした。

その後も小坊主は、あいかわらず日暮れになると徳利を下げてやってきました。ところが、この小坊主が油を買いにくるようになってから、油のへりぐあいが早くなってきました。日暮れどきは気がせくのでよぶんにはかってしまうのではないかと、番頭も気をつけて見回っていました。

あるとき番頭は、ちょうど小坊主が油を買いにきているのにであいました。かわいい小坊主だと思って見ていると、腰衣の下から大きな尻尾を出し、かげになっている油おけに入れました。そして尻尾に油をたっぷりとふくませて、知らぬ顔で帰っていきました。番頭がそっと後をつけると、小坊主は稲荷山へぬける細道をとぶように帰っていきます。息を切らして後を追うと、小坊主は竹やぶの入口でちらりとうしろをふりむいて、そのますがたを消してしまいました。

この小坊主は、それっきり油屋の店先へはすがたをあらわしませんでした。その後、番頭が少なくなったおけの油をほかのおけへ移すと、おけの底には油の澱（おり）とともに、きつねの毛がたくさんしずんでいたということです。

一合…体積（たいせき）の単位（たんい）。およそ百八十ミリリットル

くさび…V字にとがった木片（もくへん）

一升徳利…一升（しょう）（千八百ミリリットル）入る、首が細く下部がふくらんだ陶器（とうき）やガラスの器（うつわ）

托鉢…僧尼（そうに）が修行のため、お経（きょう）を唱（とな）えながら家の前に立ち、食べ物や金銭（きんせん）を鉢（はち）に受けてまわること

出家…家庭などとの関係を切り、僧となって仏道を修行すること

澱…液体（えきたい）の底（そこ）にしずんだかす

# 彦六ダブ

むかし、海老名の下今泉、鶴松というところに、彦六という働き者で親孝行の若者が住んでいました。

年の暮れのある日、彦六は正月の門松を切りに、鳩川ぞいの松林へでかけました。買ったばかりの新しい鉈を持って、手ごろで形のいい松をさがして歩きましたが、ちょうどいいものが見つかりません。どうしたものかとふり返ると、見てきたはずのあたりに、すばらしく形のいい松が立っています。

（おかしいなぁ、さっきはなかったのに）と思いながらも、その松を切ろうと鉈をふるいました。

すると、カチーンと金物をたたくような音がして、鉈ははね返され、川の中へとんでいってしまいました。彦六は鉈がおしくて、つめたい水の中にとびこ

みました。もぐってさがしていると、川の底にきれいな女の人が立っていました。その人は彦六に、

「どうしてここへ来たのですか」とききました。彦六が鉈をさがしにきたと話すと、

「ああ、それならうちの者が拾ってきました」といって、彦六を自分の家へ案内してくれました。

　そこは、彦六が今まで見たこともないようなりっぱな御殿でした。女の人が手をたたくと、いろいろなごちそうが運ばれてきました。あまりにいごこちがいいので、彦六は三日三晩そこで楽しくすごしました。そのうち彦六は、

（うちではみんな心配しているだろうなぁ。今までだまってうちをあけたことはなかったのだから）と、だんだん心配になってきました。

　彦六の気持ちに気づいた女の人は、

「あなたは、家がこいしくなったのでしょう。むりにおひきとめはしません。

おみやげにわたしがたいせつにしている手文箱（てぶみばこ）をさしあげます。この箱（はこ）には、『すずめの空音（そらね）』という宝（たから）の玉が入っています。わたしに会いたくなったら、この玉をふってください。また、この玉を通して、すずめと話すこともできます。でも、このことはだれにも話してはいけません」といって、その箱を彦六にくれました。

　彦六が家に帰っていくと、三年の月日がたっていました。家の人たちはおどろきのあまり声も出ないほどでした。それでも、彦六であることがわかると大よろこびしました。そして、彦六の話を聞いているうちに、おみやげにもらってきた手文箱の中身を知りたくなりました。

　家の人たちは、「中を開けて見せてくれ」とせまりましたが、彦六は女の人との約束（やくそく）を思いだしてことわりました。けれども、あまりにしつこくいうので、とうとう彦六は箱を開けてしまいました。そのとたん、空は黒い雲におおわれ、大きなかみなりが鳴りだしたかと思うと、彦六も箱もいっぺんに消えてなくなりました。

その夜、家の人たちは夢(ゆめ)を見ました。ふしぎなことに、みんな同じ夢を見たというのです。それは、彦六が天女(てんにょ)のような女の人に手を引かれて、空高く雲のかなたへとび去っていく夢だったということです。

いつしか村の人たちは、鳩川のこのあたりの淵(ふち)を「彦六ダブ」とよぶようになりました。

ダブ…淵。水を深くたくわえているところ
鉈…幅(はば)のあるぶ厚い刃物(はもの)に柄(え)をつけたもの。まき割(わ)りなどに用いる

# 道祖神と八日僧

むかしからわたしたちのまわりには、あちこちに道祖神といわれる石の神さまがあります。道祖神は、旅行の安全や道案内の神さまとして、村の入り口やつじなどにまつられています。

道祖神のある場所は、黄泉の国への出入り口で、人に悪いことをする神さまが勝手に出入りするのをさえぎってくださると信じられています。

海老名にはこういういいつたえがあります。

むかし黄泉の国には、頭に毛がなくて目がひとつしかない神さまがいました。この神さまは、毎年十二月八日の晩にやってくるので、八日の小僧、八日僧とよばれていました。

ある年、十二月八日の晩に、八日僧が村にやってきました。そして村じゅうをまわって、一軒一軒、村人の数を調べ、次の年伝染病であの世へつれていく人の台帳を作りました。八日僧はこれを道祖神にあずけ、
「一月十五日になったら取りにくるからな」といって、帰っていきました。この伝染病とは疱瘡のことで、むかしは治す方法も薬もないこわい病気でした。

台帳をあずかった道祖神は、この台帳をそのまま八日僧に返したら村人がたいへんなことになると考えました。そこで八日僧が取りにくる前の日の一月十四日に、自分の家に火をつけて丸焼けにしてしまいました。そして次の日、八日僧が来たときに、
「うちの火事で台帳が焼けてしまいました」といいました。すると、八日僧はあきらめて黄泉の国へ帰っていきました。

それ以来、一月十四日には、道祖神の前で火まつりをするようになりました。この火のことを柴灯といいますが、海老名ではせいととよび、道祖神の前でだんごを焼くことを、せいと焼きとかどんど焼きとよんでいます。

ある年、一月十四日に大雪がふって、せいと焼きができなかったことがありました。けれどもまじめな男がたったひとりでせいと焼きをしました。

その年は、疱瘡がはやって村じゅうがねこんでしまったのですが、この男の家からは、ひとりも病人が出ませんでした。

それからは、どんなに天気が悪くても、村じゅう総出(そうで)でせいと焼きをするようになったということです。

つじ…道が十字に交わるところ

黄泉の国…日本神話における死者の世界のこと

# 似せ本尊

むかし、ある山のふもとに、小さなお堂があって、水天というお坊さんが住んでいた。村人は、わからないことやこまったことがあると、水天に相談に行った。また、水天のところには、ときどき、たぬきがたずねてきた。このたぬきは親切で、人間にもおよばぬ知恵を持っていた。

ある日のこと、水天のところに村人がやって来て、

「山から古ぎつねとむじながやって来て、物をとったり化かしたりするので、たいへんこまっています。水天さま、どうしたら退治できるか教えてください」

とたのんだ。水天は、

（相手が化けることのうまいきつねやむじなでは、どうにもならない）と思ったが、

「今晩ひと晩、なんとか考えてみよう」といって、村人を帰した。水天は、ふと、あのたぬきのことを思いだし、その晩、たぬきの来るのを心待ちにしていた。

ちょうどその日、たぬきは、ひさしぶりに、水天さんをたずねてみようとでかけた。すると、とちゅうで、むじなに出会った。前に水天さんからもらったもちをぬすんだむじなだった。むじなは、たぬきが水天から食べ物をもらうのをうらやましく思っていたので、たぬきに、

「おれをおまえの友だちにして、水天さんのところへいっしょにつれていってくれ」とたのんだ。たぬきが、

「水天さんは、おれがお手伝いをするからごちそうしてくれるんだ」というと、むじなは、

「それなら、おれはふたり分はたらくから、つれていってくれ」といった。たぬきが、

「これからはうそをつかないと約束すれば、水天さんのところへつれていってやってもよい。前に、おれのもちをぬすんだのはおまえじゃないか」というと、むじなはとぼけて、

「おれじゃない。友だちにしょうのないきつねがいるから、そいつがやったにちがいない」といった。たぬきは、

「それはうそだ。おまえみたいなうそつきは、水天さんのところへはつれていけない」といった。むじなはびっくりして、

「ほんとうは、おれがぬすんだ。これからは、もううそはつかない」といってあやまった。たぬきは、

「おまえみたいに、すぐ約束をやぶるやつはだめだ。いくらあやまってもだめだ」とことわった。むじなはおこって、そばにあった枯れ枝をたぬきにたたきつけて、逃げていってしまった。

たぬきは水天のところへ行き、ごちそうになった。水天が、ふと、たぬきの

手を見ると、血が出ているので、

「どうしたのか」ときいた。たぬきは、むじなに枯れ枝をたたきつけられたことを話した。すると、水天は、

「そのむじなときつねには、村人もたいへんこまっているのだ。どうしたものか、おまえの知恵でうまく退治してくれないか」とたのんだ。たぬきは、

「それでは、すぐに、むじなときつねをつれてきます。水天さんは外へ逃げられないようにとじこめて、たたきころしてください」といって、帰っていった。

そのころ、山ではむじなときつねが、たぬきをころしてたぬきに化け、水天のところへ行こうという相談をして、たぬきの帰りを待ちぶせていた。やがてたぬきが通りかかると、きつねがたぬきの腹（はら）にかみついてころした。そして、むじながたぬきに化け、きつねといっしょに水天のところへでかけていった。

むじなは、トントンと戸をたたいた。中から、

「たぬきさんかい」という声がしたので、むじなはたぬきの声をまねて、

「また来ました」と答えた。水天が、

「さあ、おあがり。戸はまだ開いているよ」といった。むじなは上へあがり、きつねは外で待っていた。水天はたぬきがむじなときつねをつれてくるのを待っていたので、たぬきだけなのをふしぎに思った。水天は、たぬきといっしょにごちそうを食べはじめたが、いろいろ話していると、どうも話がおかしいことに気がついた。水天は、ふいと立ちあがって、外の便所へ行き、お堂の入口の戸に鍵をおろしてもどってきた。そして、急に気がついたように、

「たぬきさん、手のきずは、もうなおったのか」ときいた。たぬきに化けたむじなは、あわてて、

「もうなおったんです」と答えた。水天は、

「ほう、そうか」というと、いきなり、ぐらぐらたぎった鉄びんをむじなにたたきつけた。むじなは、頭からあついお湯をぶっかけられ、むちゅうで家の中をかけまわったあげく、本堂に逃げこんだ。水天は、

「よくもたぬきに化けてきたな」と、出刃包丁をふりあげて、追いかけた。

（たしかに、ここに逃げてきたのに）と本堂じゅうをさがしたが、むじなはいない。ふと見ると、本尊さまがふたつある。むじなが本尊さまに化けたにちがいない。水天は、両方の本尊さまに、手をふれてみた。右のほうの本尊さまがあたたかい。水天は、あたたかいほうの本尊さまに出刃をつきつけ、つめたいほうの本尊さまにそっと指をふれて、

「どっちが本尊、どっちが本尊」といいながら、だんだん出刃に力を入れていった。すると、あたたかいほうの本尊さまは、手をあげて自分の鼻をさし、

「こっちが本尊、こっちが本尊」といった。水天は、

「うちの本尊さまは、ものはいわん。このむじなのやつめ」と、ぐっと出刃をつきさした。すると、似せ本尊は、「ぎゅっ」といってころげ落ちた。それは、大きなむじなだった。外で待っていたきつねは、この声を聞くといちもくさんに山の奥へ逃げていった。

あくる日、水天の話を聞いた村人は、お堂へむじなの死がいを見にやってきた。みんなは、

「さすが水天さまだ」といって、水天をほめたたえた。

それからというもの、きつねはどこへ行ったのか、すがたをあらわさなくなったということだ。

むじな…アナグマの別名(べつめい)。地方によってはタヌキやハクビシンを指すこともある

# 大みそかの貧乏神

むかし、小宮石川の下河原というところに、平作という貧乏な百姓がおかみさんとくらしていました。

ある日、平作は、

「いくらかせいでも金が少しもできないから、おれはいやになってしまった」

といって、すわりこんでしまいました。

しばらく腕組みをして考えていると、きょうは年越しの日だと気がつきました。

（あしたは正月だからあちこち掃除でもしておこう）と思って、押入れを開けてみると、きたないじいさまがしきりに洟をすすりながらすわっていました。

「おまえはなんだ」と、平作がきくと、

「おれかい、おれは貧乏神だ」といいました。

平作とおかみさんは、

「貧乏神などに入りこんでいられては、いくらかせいでも金ができるわけがない。この家から逃げだしてしまおう」と、相談しました。荷物をこしらえて、夜の明けるのを待っていると、どこかでガサゴソ、ガサゴソ音がします。どこだろうと思っていると、どうやら押入れの中らしい。そこで押入れを開けてみると、あの貧乏神がわらじを作っていました。

「おまえ、なんでそんなものを作っているんだ」ときくと、

「おまえたちが今夜ここを逃げだすというから、いっしょに逃げようと思ってわらじを作っているんだ」といいました。平作とおかみさんは困りはてて、すわりこんでしまいました。すると、

「そうおまえたちをいじめてもかわいそうだ。おれが銭を出すから、今夜は年越しの酒を飲もう」と、貧乏神がお金をくれました。

お酒を買って三人で飲んでいると、貧乏神が、

「あしたは正月だから、今夜はおまえたちにいいことを教えてやろう」といいました。

「夜がふけると、金の神さま、銀の神さま、銅の神さまが馬に乗ってお通りになる。そのうちのだれかをつかまえれば金ができる」というのです。

　そこで平作とおかみさんが夜がふけるのを待っていると、やがて、キンジャラランン、キンジャラランと音がして、金の神さまが馬に乗って通りかかりました。平作がつかまえようとしましたが、金があまりにキラキラしてそばへよりつけません。つぎは銀の神さまが、ギンシャラーン、ギンシャラーンと通りかかりました。こんどはつかまえようとしましたが、あまりに馬が速くてつかまえられません。さいごに銅の神さまが、ドーンガラガラ、ドーンガラガラとにぎやかに通りかかりました。（こんどこそは）と思って平作とおかみさんがとび出して、やっとつかまえてみると、銅の神さまと思ったのが、なんとあの貧

乏神だったのです。平作とおかみさんはがっかりしてすわりこんでしまいました。

　すると貧乏神は、

「それそれ、そういうふうに力を落とすのがいけない。力を落とさずに、ふたりそろってせっせと働けば、おれもこの家を出ていく。おれが出ていけば金がたくさんできる」といって、どこかへ行ってしまいました。

　それから、平作とおかみさんは、力を合わせてせっせと働いたので、やがてお金持ちになりましたという話。

# 炭焼藤二郎

むかし、京都に天子さまのおひめさまがいました。

おひめさまは正月二日の初夢に、奥山から小判がなりさがったところを見ました。

あくる朝、おひめさまは目がさめてから、ゆうべ夢に見た奥山をたずねることにしました。屋敷を出てだんだん行くうちに、とうとう富士のふもとの猪ノ頭までやって来ました。猪ノ頭の山の奥へ入っていくと炭焼小屋がありました。おひめさまが小屋の入り口につってあるむしろをまくると、まっくろい顔をした男がいました。その男は、炭焼藤二郎とよばれていました。おひめさまが、

「今夜、わたしを泊めてください」というと、藤二郎はびっくりして、

「おまえさんのようなりっぱな人を泊めたくても、米もない、ふとんもない」

といいました。おひめさまは、

「それでもかまいません」といって、泊めてもらいました。

　あくる朝、おひめさまは、

「これで米とふとんを買ってきてください」といって、小判を一枚、藤二郎にわたしました。藤二郎はそれを持って下の村まで買い物にでかけました。とちゅう、鶴（つる）が遊んでいたので、おひめさまへのみやげにしようと、持っていた小判を鶴に投げつけました。けれども鶴には当らなかったので、手ぶらで炭焼小屋へ帰ってきました。待ちかねていたおひめさまが、

「米は買えましたか」ときくと、藤二郎は、

「いいや、米は買いにいかなかった。おまえさんからあずかったものは鶴に投げつけてしまった」と答えました。おひめさまがおどろいて、

「まぁもったいない。あれは小判といって、何でも物が買えるお宝（たから）なのに、やたら鶴なんかに投げつけてしまっては困（こま）ります」というと、藤二郎は、

「あれは小判というものか、あんなもんは、おれの炭がまのまわりにさらいよせるほどある」といいました。おひめさまは、

「それでは、あした、わたしもそこにつれていってください」といいました。

　あくる朝、おひめさまは藤二郎といっしょに山の炭がまのところへ行きました。見ると、なるほど炭がまのまわりには小判小粒（こつぶ）がいっぱいあります。おひめさまは藤二郎とふたりで、その小判小粒を箕（み）へさらっては俵（たわら）につめ、箕へさらっては俵につめました。そして、その俵を馬につけて、シャンシャンと炭焼小屋へ幾駄（いくだ）も幾駄も運びました。小判をほり出しているときに、炭がまのうちから福槌（づち）がひとつ出てきて、それも拾いました。

　おひめさまはのどがかわいてきたので、

「わたしは水が飲みたい。このあたりに水はありませんか」とききました。すると、藤二郎が、

「この奥にいつもおれの飲む水がある」と教えてくれました。教わったとおり

に炭がまの奥の岩のところへ行くと、きれいな清水がわいています。おひめさまがその水をひと口すくって飲んでみると、なんとそれはおいしい酒でした。おひめさまはおどろいて藤二郎をよんできて、その酒をたるにつめ、やはり馬につけて炭焼小屋へ幾駄も幾駄も運びました。

おひめさまと藤二郎は、小判の俵をつみ重ね、酒も売りだしてたいへんな長者になりました。ところが家がせまいので、炭がまでひろった福槌をとり出して、

「家出ろ、家出ろ」といってたたくと、たちまちりっぱな家が出てきました。

つぎにお蔵がほしいと思って、

「お米のお蔵出ろ、お米のお蔵出ろ」といって福槌をたたくと、りっぱなお米のお蔵が出てきました。

そうしておひめさまと藤二郎は、たいした長者になって一生しあわせにくらしました。

やがておひめさまがなくなると、藤二郎は、おひめさまを猪ノ頭の奥の天子ケ岳の尾根にほうむりました。そこへ石のほこらをたてておひめさまの墓とし、おひめさまが京都から持ってきた瓔珞をそのそばへおきました。それがひとかぶの瓔珞つつじとなりました。瓔珞つつじは今もしげっていますが、その枝をおると、暴風雨がふきあれるといいます。また猪ノ頭には、今も長者屋敷のあとがあるそうです。

小粒…江戸時代のお金で、小判一枚の四分の一の価値
箕…竹であんだ農具。穀物を入れて、上下にふり動かし、ちりや殻をとりのぞく
瓔珞…インドの貴族男女が珠玉や貴金属に糸を通して作った装身具。頭、首、胸にかける。また、仏像などの装飾ともなった

# 犬とねことさるの一文銭

むかし、あるところに、貧乏なじさとばさがあった。

ある年の暮れ、じさは、ばさが織った反物を背負って町へ売りにでかけた。反物を売った金で、大みそかや正月の買い物をした。

町からの帰り、山道にさしかかると、鉄砲打ちが何かをねらっていた。じさがそのほうを見ると、さるの親子が手をすりあわせて、助けてくれというようなかっこうをしていた。

じさが、

「鉄砲打ち、そのさるの親子を助けてやってはくれないか。おらが町で買ってきた大みそかや正月の買い物をみんなおまえにやるから」というと、鉄砲打ちは、

「じさ、なにをいうか」と、ひょいとわきを見た。すると、ねらいがはずれて、

鉄砲の玉がじさの肩にあたった。じさがたおれたので鉄砲打ちはおどろいて逃げていった。すると、さるがなかまをおおぜいつれてきて、じさの肩のきずをなめて介抱してくれた。じさはふっと息をふきかえし、

「さる、さる、おかげで助かった。ありがとうよ」と、礼をいった。さるは、

「いや、おらこそおまえさんのおかげで、あぶない命を助けてもらって、ほんとうにありがたかった。そのお礼に、さるの一文銭という宝物をやる。ほしいものがなんでも出る宝物だ」といって、さるの一文銭をくれた。

うちへ帰ると、じさはばさとふたりで、そのさるの一文銭に、

「魚も米も出ろ」

「正月もちも出ろ」

「金も出ろ」といって、出してもらい、大みそかも正月もむかえることができた。そして、じさとばさは金持ちになって、楽にくらすようになった。

ある日、となりのばさが、こわれたやかんになわをゆわえて、石っ原をガラ

ヒチ、ガラヒチ引っぱってきて、

「じさ、じさ、火ひとつくれないかね」といった。

「ああ、どうぞ、持っていきなさい」

「ところで、このうちはなんでまた、こんなに金持ちになったんかね」

じさはわけを話して、そのさるの一文銭は、いつも神だなにあげておくのだといった。


あるとき、じさとばさのるすに、となりのばさが神だなからさるの一文銭をぬすんで、川むかいにあるいなり堂のひきだしの中にかくしておいた。


しばらくして、じさはさるの一文銭がないのに気がついて、

「はて、どうしたのだろう」と、ばさとふたりでそこらをさがしたが、見つからなかった。そこで、うちでかっていた犬とねこに、

「おまえたち、三日のうちに、さるの一文銭をさがしてきてくれないか」とたのんだ。

犬とねこはそこらじゅうをさがしたけれども見つからなかった。そこで、ねこはそこらをちょろちょろしていたねずみをおさえて、

「ねずみ、ねずみ、おまえ、さるの一文銭がどこにあるか知らんか。どこにあるかしらべてこい。まごまごしているとおまえを食ってしまうぞ」といった。

ねずみはチュウチュウといって、どこかへいったかと思うと、チュウチュウともどってきて、

「さるの一文銭は、となりのばさがぬすんで、川むかいのいなり堂のひきだしの中にかくしてある」と教えてくれた。そこで犬は、

「それじゃあ、川むかいのいなり堂へいこう」と、泳げないねこを背負って、ねずみといっしょに川をわたった。

いなり堂に着くと、ねずみはひきだしをガリガリかじった。そして、さるの一文銭をねこにわたした。ねこはそれをくわえて、また犬に背負われて、みんなで川をわたってうちへ帰った。

犬とねこは、じさにさるの一文銭をわたした。そして、ほうびにかつおぶしをもらって、半分はねずみにわけてやった。

それから、じさとばさはさるの一文銭のおかげで、また楽々したくらしになったということだ。

いきがポーンとさけた

一文銭…一枚が一文にあたる穴あき銭

反物…和服地の総称。細くて長い布。

# 天にあがった男

むかし、あるところに、とても物ずきな男がいました。

ある日、男が町へ行くと、苗木売りがいました。桃の苗木やら、栗の苗木やらたくさん売っていました。男は、

（よし、おれもひとつ何か苗を買って植えよう）と思って、桃の苗木を買って家に帰り、うらの畑に植えました。そして、

（うーんと早く大きくしよう）と、あなを深くほって、便所からたくさんのこやしをくんできて、そこに入れました。

つぎの朝起きると、なんと桃の木は、大きく大きく大きくなって、天までとどいていました。それを見て男は、

（ああ、よかった。おれはいっぺん、天にあがってみたかったんだ）と、桃の

木をのぼっていきました。

天にあがってみると、青鬼がいました。青鬼は、

「おまえはどこから来たんだ」とききました。

「日本から来た」

「何しに来た」

「かみなりさまに用があって来た」

青鬼は、

「それならばあがれ」と、かみなりさまの家にあげてくれました。

「かみなりさまは奥のへやで昼寝をしているから、行ってみろ」といわれて、男が行くが行くが行くと、こんどは赤鬼が番をしていました。

「おまえ、何しに来た」

「かみなりさまに用があって来た」

「かみなりさまは今、昼寝をしているから、待っていろ。すぐに起きるから」

ところが、その昼寝のいびきのすごいこと。

　そうしているうちに、あっちからもこっちからも小さな鬼たちが、火打ち石をカツンカツンとたたきながらやってきました。

「かみなりさま、かみなりさま、起きてください、時間です」

かみなりさまは、

「なんだ、まだねむい。まだいいだろう」といいました。小さな鬼たちが、

「でも、時間だから、起きてください」といって、火打石をたたくと、あっちでもぴかあん、ぴかぴか、こっちでもぴかあん、ぴかぴかと光りました。

　かみなりさまは起きあがって、男を見て、

「そいつは何者だ」とききました。鬼たちは、

「かみなりさまに用があるといって来た男です」と答えました。かみなりさまは、

「ああ、それなら、ちょっと手伝え。おれがこのたいこをたたいて歩くから、やれといったら、おまえは、水おけの底をぬけ」といいました。

男はかみなりさまについて歩きました。かみなりさまがびかあーんとすると、いなずまがびかびかびか、かみなりさまがたいこをたたいて歩くと、ごろごろごろとかみなりが鳴りました。しばらくして、「今だ、やれ」といわれたので、男は水おけの底をぬきました。すると、下のほうで雨がざあっとふりました。雲の切れ目があったので、男が、下のほうをのぞいてみると、米やあわをほしているむしろをうちの中へ入れる人もいれば、せんたく物を入れる人もいるやらで、大さわぎでした。男は、おもしろいなあと思って見ているうちに、雲から足をふみはずして、でんぐりがえって下に落ちてしまいました。そして、くわの木に引っかかりました。

かみなりさまは、たいこをたたいて雲の上を歩きながら、男を見おろして、

「あれはどうしたんだ」といいました。鬼たちが、

「あの男が、雲の切れ目から落ちてしまったんです」というと、かみなりさまは、

「ああ、あの男には、かまうな、かまうな。ほうっておけ」といって、男が引っ

かかったくわの木のところにはかみなりを落とさないで、通りすぎていきました。

いまでもかみなりが鳴ると、のき下にくわの木をさすのはそういうわけなんだとさ。

どんどはれ

# 八百六つの孫（まご）むかし

昔むかし、さるが三びきあつまって、旅にでかけることにしました。三びきが山道を行くが行くが歩いていくと、大きな丹波栗（たんばぐり）がひとつ落ちていました。

三びきは、

「おれが先に見つけた」

「おれが先に見つけた」と、うばいあいになりました。一ぴきが、

「たったひとつの栗（くり）だから、分けて食っても腹（はら）の足しにならない。ただ食ってもおもしろくないから、ここは一番古いことを知っている者が食うことにしよう」といいました。

「それがいい」と、話がまとまりました。

一ぴき目のさるは、

「おれは富士山(ふじさん)が米つぶくらいの大きさだったのを知っているぞ。ずいぶんおれは古いだろう」とじまんしました。二ひき目のさるは、

「それもずいぶん古いが、おれは近江(おうみ)の湖がすずりくらいの大きさだったのを知っているぞ」とじまんしました。三びき目のさるは何もいわないで、べそり、べそりとなみだを流しはじめました。

一ぴき目のさるが、

「ああ、おまえは栗食いたくて泣(な)いているんだな。古いことを知らないから、栗を食えないと思って泣いてるんだろ。栗はひとつしかないんだから、おまえにやるよ」といいました。二ひき目も、

「おまえが食えよ」といいました。すると、三びき目のさるは、

「いやいや、おれは栗を食いたくて泣いているんじゃない。富士山が米つぶくらいの大きさだったころ、近江の湖がすずりくらいの大きさだったころ、ちょうどそのころだった、おれのかわいい孫(まご)ざるが、八百と六つで死んだのを思い

出して泣いてるんだよ」といいました。二ひきのさるは、

「それじゃあ、一番古いことを知っているのはおまえだ。そのころ八百六つの孫がいたんだからなあ。おまえが食うしかないなあ」といって、栗をやりましたとさ。

# 魔女(まじょ)の三つの鏡(かがみ)

♣フランドル♣

むかし、ある国にひとりの王さまがいました。この王さまがなくなって、王さまのひとりむすめが王の位(くらい)につきました。するとまもなく、となりの国の王子が、わかい女王に結婚(けっこん)を申しこみに来ました。

女王は、

「わたしは、持参金(じさんきん)として、三つのものを持ってきた者としか結婚しません。それは、きらきら光る星と、銀の月と、まっかにもえる太陽です」といいました。女王がそういったのは、結婚したくなかったからです。王子は女王がいったことをあれこれ考えてみるうちに、そのことがわかりました。

王子は、父王のところへ帰り、女王にいわれたことを話しました。そして、

「きらきら光る星と、銀の月と、まっかにもえる太陽を見つけるために、広い

世の中へ出ていきます」といいました。

王は止めましたが、それでも王子はでかけていきました。王子は、いくつもの国や町を旅して、金持ちの人びとやまずしい人びとに、自分がさがしている三つのものをたずねてみました。けれど、だれにも何もわかりませんでした。

そこで王子は、放浪者や魔法使いや魔女たちのところへ行ってきいてみました。いろいろ話を聞くうちに、その人たちはさげすまれているけれど、毎日の生活の真理と知恵を持っていることがわかってきました。

（あの人たちが、きっと、ぼくの力になってくれるだろう）と、王子は考えました。

それで王子は、さらに旅をつづけて、放浪者や魔法使いや魔女たちのあいだをたずね歩きましたが、だれにもわかりませんでした。

ある晩のこと、王子は、村の一番はずれのまずしい小屋の前を通りかかりました。すると小屋の中から、うめき声が聞こえてきました。その小屋の中へ入っていこうとすると、ひとりの男にひき止められました。

「こんなところへ入っていくもんじゃない。この小屋の中では、今、ひとりの魔女が死にかけているんだ」

　けれども王子は、そんな言葉は気にもとめないで、中へ入っていきました。するとほんとうに、ひとりの魔女が、山のようにうずたかくつみあげた、かさかさにかわいた葉っぱの中で、いまにも死にそうになっていました。魔女はこちらをふりむいて、とぎれとぎれの声でいいました。

「おそかったね。わたしは、おまえのことを長いあいだ待っていたんだ。わたしが、おまえのさがしものの力になってやろう。そのかわり、約束してもらおう。わたしが息を引きとるとき、わたしの手をにぎっておくれ。そして十字を切ってから、このびんの中身をわたしの足もとにふりまいておくれ。わたしの魂を取ろうと思って、悪魔が足もとにすわっているもんでね」

「ええ、約束します」

王子はそういって、そのびんをうけ取りました。見ると、中にはお清めの水が入っていました。

魔女はからだを起こして、自分がしいていたかわいた葉っぱの下から、銀の鏡を三つとり出しました。

「まどを開けておくれ。太陽と月と星の動きについていかなきゃならないんだ」

それから魔女は、さいしょの鏡の上に、いろいろふしぎなしるしを描きはじめました。そしてそうしながら、わけのわからない言葉をとなえました。二、三分すると、ひとつの光の点が鏡の上にあらわれました。その光の点は、どんどん大きく、どんどんはっきりしてきて、しまいに鏡の中に明るい星がひとつ、きらきらかがやきはじめました。

「これでひとつはできた」と、魔女はいいました。

魔女は、つづいてふたつめの鏡を手に取って、それに同じしるしを描きはじめました。この鏡に魔法をかけるのは、さっきよりもずっと長い時間がかかりました。しまいにやっと、鏡の中にひとつの光の点があらわれ、それが大きくなって銀色にかがやく月があらわれました。

「さあ、これでふたつめができた」と、魔女はいいました。そのとき王子は、いよいよ魔女に死がせまっていることがはっきりわかりました。その顔からは、あせが大きなしずくになってたれていました。そして息づかいはあらく、心臓(しんぞう)は大きく打っていました。

「さいごの魔法まで、やりとげることができるだろうか。どうしてこんなに来るのがおそくなったんだい」と、魔女はかすかな声でいいました。それから、三つめの鏡を手に取りました。こんどは、何もかも、いままでの二回よりずっと長い時間がかかりました。王子は、どきどきしながら見つめていました。ひやあせがどっと流れました。それでも、ひとつの光の点が鏡の上にあらわれました。その光の点は、どんどん大きく、どんどんはっきりしてきて、しまいに鏡の中にまっかにかがやく太陽があらわれました。魔女は、王子にその鏡をわたしていいました。

「いいかい、気をつけておくれ。わたしはもうだめだ。心臓が止まりそうだ。約束したことをわすれないでおくれ」

王子は、左手に魔女の手をにぎり、右手にはお清めの水のはいったびんをにぎって、そこにすわったまま、じっと魔女を見つめていました。魔女が息を引きとると、王子はむねに十字を切り、お清めの水を、悪魔がいるという魔女の足もとにふりかけました。それから魔女の顔に、十字を切りました。目の上にいちど、耳の上にいちど、鼻の上にいちど、そして、口の上にいちど。するとそのとき、何か黒い怪物(かいぶつ)のようなものが、おそろしい呪(のろ)いの言葉をはきながら、魔女の足もとからとび上がり、まどから外へとび出していきました。それが悪魔でした。へやには、タールと硫黄(いおう)のくさいにおいがたちこめていました。

それから王子は、三つのたいせつなものを持って女王のところへもどりました。女王は、星と月と太陽のかがやいているふしぎな三つの鏡を見て、すっかりおどろいてしまいました。そして、約束どおり、このわかい王子と結婚しました。

放浪者…あてもなくさすらう人

# 甲斐のむかしむかし

再話　山梨昔ばなし大学再話コース

# 櫛形山の碁盤岩と天狗

櫛形山の八合目あたりにけわしいがけがあって、碁盤の形をした碁盤岩といわれる岩がある。

むかし、櫛形山にはたくさんの天狗が棲んでいた。天狗は背たけ三メートルほどで、白くのびた長いかみの毛がかたまでたれさがり、ぎんぎんとした大きな目、三十センチくらいにのびた赤い鼻、からだには着物のように布をまきつけていた。天狗たちは毎日、碁盤岩のところに来て、遠くをながめたり、碁を打ったりしていた。

そのころ、櫛形山のふもとの湯沢村に、作平と権造というふたりのわかい百姓が住んでいた。ふたりともびんぼうな家の長男で、兄弟もたくさんいたので、毎日食べるのがやっとだった。ふたりは、櫛形山の奥に生えているめずらしいきのこをとってきて売れば、くらしが楽になるだろうと考えた。

　ある日、ふたりはこなぶくろをしょいこにくくりつけ、暗いうちに家を出て、山にわけいった。どこをどう登ったかおぼえがないくらいよじ登ったが、めあてのきのこは見つからない。ふたりは歩きくたびれて、とうとう大きな木の根もとに腰をおろし、いつのまにかねむってしまった。

　大きな声にふと目をさまし、声のするほうを見ると、大きな天狗たちがいた。ふたりは、肝がつぶれるほどおどろいたが、天狗が手まねきをするので、おそるおそる近づいていった。天狗は、

「おまえたちぁ、なにょうしいここへ来ただ」といった。ふたりは、

「おらんとうは、家がびんぼうで食うのがやっとっちゅうこんで、ここに生えてるめずらしいきのこをとって売りゃぁくらしがちったぁ楽になると思って来とぅです。だけんどいっさら見っかさらんで、ほのうちけったりくなって腰ょぅおろしたら、いつか知らんまに寝っちゃっとうです」といった。

天狗の親玉らしいのが、それを聞いて、

「ほうかほうか、正直でけっこうけっこう。ほんじゃぁ、おらんとぅが、明日(あした)朝(なさ)明かりくなったら、しょいきれんほどのきのこをとってきて持たせてやるから、今っからちょっくら碁を打つのにつきあえや」といった。

ふたりはうんとうれしくなって、碁を打つのにつきあった。打つほどにおもしろくなって、むちゅうで碁につきあった。ふたりが打ちくたびれて、

「家(ええ)へ帰(けえ)しとくんねぇ」とたのんだら、天狗は、

「ほうだな、悪(わり)ぃこんしとぅずらに、三年もつきあわせて。ちょっくら待(ま)ちょうし、きのこをとってくらぁ」といって、持ちきれないほどとってきてくれた。

ふたりは、三日だと思っていたら三年と聞いて、またびっくりした。

天狗は、つきあってくれたお礼に、大きなうちわを一枚(いちまい)ずつふたりにくれた。

「家(ええ)へ帰(けえ)ってこまるこんあったら、ねがいごとをいいながら、ひとふりふればねがいがかなう。だけんど、だれかにこのうちわのこんをくっちゃべれば、そ

のねがいはいっさらかなえられんよ」といった。そこでふたりは、うちわをだれにも見つからないように着物の下へかくして家へ帰った。

　帰ってみると家の者が、

「おめぇんとうをなんぼ見っけとうっても見っかさらんから、ふんじゃぁ、うっ死んどぅずらっちゅぅこんで、お弔ぇをしちゃっとぅ」といったので、ふたりは腰をぬかした。そこで、櫛形山へわけいって天狗とであったこと、こわくて逃げられず、いわれるままに碁を打ったこと、それが三日だと思っていたら三年だったこと、そしてきのこをもらったことをみなに話した。

　ふたりの家では、くらしていけないということで、弟や妹たちはあちらこちらにあずけられていた。それを聞いたふたりは、天狗にもらったうちわを使うことにした。

　つぎの朝早く、作平と権造は、

「おらげの家が、お大尽になって、ぼこんとぅがみんな帰ってきとくんねぇ」

といいながら、うちわを大きくひとふりした。すると、目の前がぱっとひらけて、つぶれかけたふたりの家はりっぱなおやしきになり、くさりかけたたたみは新しくなり、お金が奥のざしきに山のようにつまれ、弟や妹たちもみんなもどってきた。作平と権造はじぶんたちばかりお大尽（だいじん）になったのではすまないと、村の人たちにお金をわけてやった。

今では、ふたりの家がどこにあるかだれにもわからない。

櫛形山…櫛形山という名前は、山梨県（やまなしけん）の歴史（れきし）を書いた古文書（こもんじょ）「甲斐国志（かいこくし）」にあり、「鋸山（のこぎりやま）」、「怒（いか）り山」、
　「西山」ともよばれている

うっ死んどぅずら…死んでしまったんだ

お弔ぇ…葬式（そうしき）

ぼこんとぅ…子どもたち

お大尽…大金持ちのこと

# 柿(かき)の葉(は)書籍(しょせき)

むかしなぁ、身延山(みのぶさん)にゃぁ、だいぶ遠いとこからもいろんな人たちがお経(きょう)の勉強に来ていとぉだと。その中によく勉強をする若(わか)い坊(ぼう)さんがいてな、いとがあるとよくつくえに向かっているもんで、みんな感心していとぉだと。

ある年な、汗(あせ)んだらだら流れるような暑い日に、えらいお坊さんがろうかを通りながら、若い坊さんの部屋をひょいと見るとな、いつもじゃあ、若い坊さんがつくえに向かってかしこまっているはずのとけぇ、でっかいきつねん気持ちよさそうに昼寝(ね)をしていとぉだと。えらいお坊さんは、

(いくら山ん中の寺でも、きつねがのこのこ入ってきて寝ちもぉなんて、いなこんだ)と思ったと。そこで、夕飯(よーめし)前に若い坊さんをよんで、

「おまえはきょうどこへ行っていとぉだね」つってきいとぉだと。ほしたらな、

若い坊さんは下を向いてなみだ流してな、

「申しわけありません。わたしはこの山に住む年老いたきつねです。お経を学びたい一心でお坊さまに化けてここへ来ました。でも、正体を見られたのはわたしの失敗です。たいへん残念ですが、もうここにはいられません。今までお世話になったお礼に、お釈迦さまがお経を説いているありさまをみなさんにお目にかけましょう。けれども、ほんとうのお釈迦さまではなく、わたしの術でお見せすることですから、けっしてありがたいと思っておがまないようにしてください。もしおがまれると、術がやぶれて消えてしまいます」といっとぉだと。

その晩、月の光の中へお寺のもんを集めてな、そのきつねの坊さんが呪文をとなえとぉだと。とたんに、昔、インドの国でお釈迦さまが元気だったころの大きな塔が空に浮かんで見えてな、十万人もの仏さまが集まってお経をとなえだしとぉだと。すると、こんどは大きな塔のとびらがしずかに開いてきたもんで、見ていたもんは、あんまりにもみごとすぎて、思わずふしおがんで口ぐちにお題目をとなえだしとぉだと。そしたらな、その声といっしょに、今まで見えていたお釈迦さまも塔も何もかもぜんぶすっと消えてな、ただお月さんの光だけがそこらへんを照らしていとぉだと。そして、それっきり、そのきつねは出てこなかったちゅうよ。

それでな、お寺のもんがその若い坊さんの部屋をかたつけっかと入ってみると、部屋いっぺぇに本がつんであったと。なんとそれは、みんな柿の葉っぱで、そのどれにも何どうか書きこみをして本に化けさせてあっとぉだと。

この葉っぱをみんなが「柿の葉書籍」といってな、明治のはじめごろまではお寺にちゃんとしまってあっとぉちゅうこんだよ。

これでおしまい

いと…ひま

かしこまって…すわって

いなこんだ…変(へん)なことだ

お題目…日蓮宗(にちれんしゅう)で唱(とな)える「南無妙法蓮華経(なむみょうほうれんげきょう)」の七文字

# かぎ鼻先生

むかし、甲州のある村に、兄と弟がいました。弟はお母さんのほんとうの子でしたが、兄は継子でした。お母さんは兄につらくあたり、毎日、山へ薪取りに行かせました。兄が山へ行った留守に、お母さんは弟にごちそうを作って食べさせました。

ある日、すしを作ったとき、お母さんは、

「兄ぃにゃ話しちょ」と、弟にいいきかせました。けれども、兄と弟は仲がよかったので、夕方、兄が山から薪を背負って帰ってくると、弟は、

「兄ぃ兄ぃ、きょうはすしを食ってうまかったぞ」と、かくさずに話しました。

兄が家の中へ入って、

「きょうはどうもすしっくさい」というと、お母さんはおどろいて、

「すしなんかこさえもしんに、ばかっことをいう」といって、しかりました。けれども、どうしてわかったのかふしに思いました。それからは、お赤飯をこさえても、まんじゅうを作っても、いつも兄が山から帰ってきて、「きょうはお赤飯っくさい」「きょうはまんじゅうっくさい」と、みんないい当てるので、お母さんは兄の鼻の達者なのにおどろいていました。

ある日、となりの家の財布がなくなりました。となりの家ではいくらさがしても見つからないのでこまっていました。お母さんがそれを聞いて、「うちの小僧は何でも鼻でかぎ当てるから、うちの小僧にかがせてみろ」といいました。しばらくして、兄が山から帰ってくると、弟は兄をよびとめて、「兄ぃ兄ぃ、となりの子どもが財布をうらのついじのあなの中にかくしたぞ」と教えました。兄はとなりの家へ行くと、そこらを鼻でかぎまわるまねをして、「財布はうらのついじのあなの中にある」といいました。財布は、ほんとうについじのあなの中にありました。それが甲州じゅうの評判になり、兄はかぎ鼻先生とよばれるようになりました。

　そのころ、ある大店（おおだな）の金がなくなり、どうしても見つからないので、かぎ鼻先生にたのみに来ました。かぎ鼻先生は引きうけたものの、これはどうしてもわかりません。こまりはてててたんぼ道を歩いていると、むこうからひとりの男が泣（な）きながらやってきました。かぎ鼻先生が、

「なぜ泣く」ときくと、男は、

「おれぁ大店（おおだな）の番頭（ばんとう）どぉけんど、じつは店の金をできごころでかくしたが、こんどかぎ鼻先生が来てそれを当てるからこまる」といいました。かぎ鼻先生がなにくわぬ顔をして、

「そんじゃぁ、おれん、かぎ鼻先生にええあんばいに話してやるから、金をかくした場所をいってみろ」というと、番頭は、

「金は店の便所（べんじょ）のすみにおいてある」といいました。

　そこで、かぎ鼻先生は大店へ行って、じきにあたりをかぎまわりました。金

は、かぎ鼻先生のいったとおり、便所のすみにありました。店の主人はよろこんで、かぎ鼻先生にたくさんのお礼をしました。

ちょうどそのころ、江戸の将軍さまが病気になりました。ありとあらゆる手当てをつくしましたが、病気はだんだん重くなるばかりです。そこで、甲州のかぎ鼻先生のうわさを聞いた家来がたのみに来ました。かぎ鼻先生はしょうちして江戸へ出発しました。ところが、いくつも山をこえて行くうちに、すっかり道にまよってしまいました。

そのうち山の中で日が暮れたので、そこにあった小さいお宮に泊まることにしました。かぎ鼻先生が寝ていると、白髪頭の爺さまが夢に出てきて、

「将軍さまの病気はただではなんとしても治らぬ。お城の五丈三尺五寸の石垣の下に、丸い石の無縁仏が埋けてある。それを掘りだして神さまに祀ればたちまち治る」といいました。

夜が明けてみると、自分の泊まったお宮は江戸の町が見わたせるところに

立っていました。かぎ鼻先生はよろこんで山をくだり、将軍さまのところへ行って、病気をかいでやり、お城の石垣の下の無縁仏を掘りだすようにいいました。将軍さまが、

「そんなはずはないが、それでもためしに掘ってみろ」といって、家来に掘らせてみると、石垣の下からほんとうに無縁仏の丸い石が出てきました。すぐに祠（ほこら）を作ってそれを祀ると、将軍さまの病気はたちまちよくなりました。かぎ鼻先生はたいへんほめられて、一生食えるほどの領地（りょうち）をもらいました。

それからは、かぎ鼻先生は、どこへたのまれてもぜったいに出て歩かぬことにして、一生を安楽（あんらく）にくらしたそうです。

薪…たきぎ

話しちょ…話すな

ふしに…気味悪く
ついじ… 石垣のこと
おれん…おれが
じきに…すぐに
五丈三尺五寸…およそ十六メートル

# 強清水（こわしみず）

むかし、九一色（くいしき）村というところに、じいさまとむすこがくらしていました。むすこは毎日山へ炭焼（すみや）きに行って、炭だわらを背負（せお）い、柏葉峠（かしわとうげ）をこえ、甲府（こうふ）の町まで売りにいきました。この峠の中ほどに、きよらかな泉（いずみ）がわいていました。じいさまはなによりも酒がすきだったので、むすこは炭を売ったお金で、毎日、竹の筒（つつ）一本に酒を買ってきて、じいさまに飲ませてやりました。

「ああ、うめぇなぁ。こりょぉ飲めば、なんだか生きのびるような気がしらぁ」

こういって、じいさまがよろこぶのを見ると、むすこはもっとよけいに酒を買ってきてやりたいものだと思っていました。

ところがある日、炭が売れず、酒を買うことができませんでした。

「きょうはいってぇ、なんてって帰（けぇ）ったらよからず」

むすこは空（から）の竹筒を手に持って、足どりも重く峠をのぼっていきました。峠の中ほどのきよらかな泉のところまで来ると、むすこはしかたなくその清水（しみず）を竹筒にいっぱいくんで、家へもどりました。

「おとう、いま帰（けえ）ったぞ。きょうはまことにもうしわけねぇが、これでがまんしてくだいしょ」

むすこはそういって、清水を入れた竹筒をじいさまの前にさしだしました。じいさまは竹筒の水を盃（さかずき）にあけてひと口飲むなり、大きな声でいいました。

「ああうめぇ。こりゃぁええ酒だ。諸白（もろはく）の酒だ。こんねぇうめぇ酒を、われぁどこから買ってきとぉ」

むすこはこれを聞いておどろきました。

「おとう、本当（ふんとう）か。きょうのは酒じゃぁねぇ。ただの清水をつめてきとぉだけんど、それん酒にかわっとぉかなぁ」

むすこがその竹筒の水をためしにひと口飲んでみると、やはりただの水でした。

けれどもじいさまが飲むと、たしかにうまい酒だというのです。なんどためしてもそのとおりなので、

「ふしぎなこんもあればあるもんだなぁ」と、ふたりはたいそうおどろきました。

　これは、神さまがむすこの親孝行（こうこう）に感心して、ただの清水を酒にかえてくださったのでしょう。それから後、だれいうともなく、「親は諸白、子は清水」といい、その清水は「こわしみず」とよばれるようになりました。

　今では、これに強い清水という字をあてています。


諸白の酒…麹（こうじ）用の米も蒸（む）し米も、ともに精白（せいはく）した米で醸造（じょうぞう）した上等の酒

われぁ…おまえは

# おもい

むかし、富士山のふもとの大田和の森ん中に、おもいっちゅう魔物がすんでた。

おもいは、人が思うこんは、どんなこんでも悟っちもうだ。ふんだから、おもいにであった人ぁ、心ん中ぁぜんぶ見すかされちまって、しめえにゃあ、食われちもうだと。ほれで、大田和の森に出入りしてぇた木こりや炭焼きんとうは、おもいをうんとおっかながっていたっちゅうよ。

ある日のこんだ。ひとりの木こりが森ん中で木を割ってるとな、ふいに目の前におもいがあらわれた。木こりゃあ、ぞっとして、（わぁ、おっかねえ）って思った。ほしたらおもいは、ゲラゲラわらいながら、

「いまお前は、『うわぁ、おっかねぇ』ほう思っつら」っていった。

木こりゃぁ青くなって、

（こりゃぁぐずぐずしてると、とって食われちもう）って思った。するとおもいいはじき、

「いまお前は、『ぐずぐずしてると、とって食われちもう』ほう思っつら」っていうだ。

木こりはへぇたまらんくなって、

（逃げられるだけ逃げてやれ）って思った。

「いまお前は、『逃げられるだけ逃げてやれ』ほう思っつら」と、おもいいがまたいうだと。

木こりゃあ、

（へぇ何も思っちゃいけん）って思った。

「いまお前は、『へぇ何も思っちゃいけん』ほう思っつら」

木こりゃぁおっかなかったけんど、ほのまま木を割りつづけた。おもいいは、

すきょお見て木こりをとって食わっかした。

ほんときだ。木こりの打ちおろしたまさかりが、木のこぶにバキっとあたって、かけらが飛(と)んで、おもいの目をつぶしちまった。

おもいは痛(いた)くて、山の向こうに逃げたと。ほうして、

「人間っちゅうは思いもよらんこんするだなあ。思うこんより思わんこんのほうが、おっかねぇ」と悟ったっちゅうよ。

# どうもこうも

むかし、甲州にゃぁこうもっちゅう医者がいて、信州にゃぁどうもっちゅう医者がいたと。どっちもひょうばんのいい医者だったたっちゅうよ。

ふたりゃぁ、かねがねたがいのうわさぁ耳にしてえただよ。ほして、たがいにどんくれえの腕があるずらか、腕くらべをしてえもんだなあって思ってたと。ほこで手紙のやりとりしてな、日と場所を決めて、行き会う約束をしたっちゅうよ。

いよいよほの日になると、ふたりはてんでに刀を一本ずつ腰にさして、ぶんだしてっとう。約束の場所に着くっちゅうと、甲州と信州のひょうばんのいい医者が腕くらべするっちゅうで、見物人がいっぺえ寄っちゃってえた。

ふたりが顔を合わすと、こうもが、

「おれぁ外科に得手て、きず薬がとくいだけんど、お前はどうだ」ほういった。
どうもは、
「おれも外科に得手て、きず薬はだれにも負けん」と答えたと。ほこでこうもが、
「ほれじゃぁまず、お前がおれん体を切って、ほのきず薬でついでみしょう」
ほういうとな、どうもは、「ようし」とって、刀でこうもの胴体をすぽりって
輪切りにしちまった。ほしてまっぷたつになった体を拾って、きず薬ょぉひん
ぬって、両方をひっつけたと。ほうしたらもとどおり、ぴたりっとつながった。
口もきけるし動くこんもでた。
どうもは、
「どうで。おれん腕前がわかっとうか。こんだぁお前の番どお。おれん体を切っ
てきず薬でついでみしょう」ほういったと。こうもは、「よしよし」ほういっ
て、刀でどうもの胴体をすぽりって輪切りにしちまった。ほうしてまっぷたつ
になった体を拾って、きず薬ょぉひんぬって、両方をひっつけたと。ほうした

らもとどおり、ぴたりっとつながった。口もきけるし動(いご)くこんもでた。

　こりょぉ見てえた見物人はほれこさおどろいたっちゅうよ。ふんだけん、

「立ってるうちゃぁいいけんど、このがりでもしろば、体の上が取れちもうかもしれん」なんていう者(もん)がいただと。ほこでふたりゃぁ堰(せぎ)んとけぇ行って、このがって水を飲んだ。ふんだけん、ふたりがなんぼうこのがっても、つぎ目はなんともなかったっちゅうよ。見物人はこりょぉ見ておどろいたのなんの。

　ところん、また見物人のひとりが、

「あんねんえれえきずをついだだもん、雨や風や暑い寒(さぶ)いがさわって、きずが膿(う)まんといいけんがなあ」なんていったっちゅうよ。

　ほこでな、甲州と信州に帰(けえ)ってからも、近所の衆(し)ゃぁ、始終(しじゅう)ふたりの医者のようすを見てただよ。ふんだけん、五年たっても十年たってもふたりのきずはいっさら膿むこんもなく、達者(たっしゃ)だったと。

　ほうしてとうとう、どうもとこうもは年んよって死ぬまで、どうもこうもな

かったっちゅうよ。

ぶんだしてっとう…でかけた
ふんだけん…けれども
このがりでもしろば…前かがみになったら

# ふたりのづくなし

むかし、西の村に、えらくづくのねぇ男がいたっちゅうよ。

ある日のこんだ。ほの男が、昼飯(ひるめし)のむすびを風呂敷(ふろしき)にくるんで首っ玉に結(ゆ)っつけて、東の村にぶん出していった。ところん、とちゅうまで行くっちゅうと腹(はら)んへってきた。

「ああ、腹んへって腹んへって、しょうねぇなあ。ふんだけんど風呂敷をほどくのがごっちょだなあ」

ほういいながら、ほのまんまがまんして歩(あり)っていった。しまいにゃあ、腹んへりすぎて、歩(あり)くのもえらくなった。ほれでも首っ玉の風呂敷をほどくづくがなくて、

（もしそのうちにだれかに会ったら、そいつにたのんで、風呂敷をほどいても

れえてぇなあ）と思いながら、やっとこさっとこ歩っていったっちゅうよ。ほうしたら、ちょうど向こうから菅笠をおっかぶった男が、あんぐりとでっけぇ口をあけてやってきたと。西の村のづくなし男は、

（これはええあんばいだ）と思い、じきにほの男をつかまえて、

「お前は、なんででっけぇ口をあいているだ。よっぽど腹んへっているずら。おれの首にむすびが結っつかってるから、取ってくりょお。ほうすりゃあ、お前にも半分やらあ。じつはこのおれも食いたくてならんかっただ」ほういったと。ほしたら、男は、

「むすびならおれも持っているからいらん。ほれどこじゃねぇわ、おれはこの笠の紐んゆるくなっておっこちそうでこまっているだ。ふんだからでっけぇ口あけて、あごでひっぱっているどぉ。早くだれかにこの紐を結びなおしてもらえてぇ。結びなおしてくれたもんにゃ、おれの持っているむすびをみんなやってもええと思っているくらいだ」といったと。

こりょお聞いて、西の村のづくなしがあきれて、

「お前はだれで」ときくと、

「おれは東の村のづくなしどぉ。西の村に用たしに行くとこどぉ」といったっちゅうよ。

まあ、づくなしのふたりはしょんもなく、あっちとこっちへ別れていったと。西のづくなしは、ぺこぺこの腹をかかえて、今にもぶっかりそうな格好でひょろひょろと東のほうへ。東のづくなしは、今にも落っこちそうな菅笠の紐をあごで引っぱって、あんぐりとでっけぇ口をあけたまま西のほうへ歩っていったと。

づくなし…めんどうくさがりや

ごっちょだ…苦しい

えらくなった…つらくなった

しょんもなく…しかたなしに

# 幽霊の始まり

むかしあるとこに、仕事を手配する親方がいたと。だんだん年の瀬も近づいてきたっちゅうに、ほの年は何としても金のやりくりがつかなんだと。ほれでも何ちょうに金をこせえて、三十人もいる子分衆にやっとこさっとこ正月の支度をしてやっただと。ほうしたら、自分のとこにゃあ、いっさら金が残らなんだっちゅうよ。

「これじゃあ、正月もでん、弱っちまったなぁ」とって、考えこんでると、おかっさんが見かねて質屋にとんでって、何を質にいれただか、ようよう一貫五百ばかりの金を借りてきただと。ほうするっちゅうとお旦那は、その金で棺おけをひとつ買ってこさしたと。ほうしてほれを座敷へかざって、手前が中へ入ってふたをして、お灯明をあげさせるやらなんやらして、さもさも本当のお弔えの

ようにしたっちゅうよ。ほうして、おかっさんに、

「いいか、もし借金（しゃっきん）取りがきたら『お旦那がうっ死（ち）んじまって、へぇだめどう』って、ことわれ」って、よくよくいいつけたっちゅうよ。


　ほのうち、借金取りがやって来たと。一番はじめに来たのは乾物屋（かんぶつや）だったと。

「こんちは、今までの勘定（かんじょう）をおくんなって」って、ほういったと。おかっさんは、そうそう棺おけを指さして
「うちのお旦那、まんむしょうにうっ死（ち）んじまった。とっくに勘定に行かねぇならんに、行かなんで悪（わり）かっとう」っていったっちゅうよ。乾物屋は、お旦那が急に死んだとけぇ借金の催促（さいそく）もでんから、

「ほりゃあ気の毒（どく）のこんどう。こりゃぁちっとだけんど、線香（せんこう）でも買ってあげとくんなって」

ほういって、一貫ばかりつん出して帰（けえ）っちまったと。


　つぎに来たのは、醤油屋（しょうゆや）だったと。これも乾物屋と同しように、おかっさん

がお旦那が死んだことをうまく話すちゅうと、かわいそうにと借金はとらなんで、かえって香典を一貫五百も置いてかえったと。


お終えに来たのは、払いが一番たいへんある米屋だっただよ。この男は震え男で、肝っ玉が小っくかった。二重になるくれえすりきれた草履をはいて、ピタピタと首のあたりまで砂ぁはねあげながら、震え震えやって来たっちゅうよ。

ほうしておかっさんにわけをきくっちゅうと、

「ほりゃあかわいそうな事したなぁ。こりゃあちっとだけんど」

ほういって、じきに香典を一両つん出したと。これにゃあおかっさんもびっくらして、

「なんぼなんでもこっちの払いもしなんで、このくにたいへんもらっちゃあもうしわけねえ」とって、ほの金を米屋におし返したっちゅうよ。


米屋どって、せっかくつん出したもんを受けとりっかねえ。

「ぜひ、おさめてもらいてぇ」と、またその金をおし返したと。おかっさんは、

なんぼなんでも死にもしんのに死んだなんてだましといて、こんねん香典をもらっちゃあ悪いとって、もういっぺんおし返す。ほうすると米屋もまたおし返す。棺おけの中でほのやりとりを聞いてえたお旦那は、

（せっかくくれるちゅうに、おかっさんのつまらん遠慮(えんりょ)でのがしたじゃあ、なんちょうにもくやしい）って、見るに見かねて、棺おけのふたをちっともち上げて、

「おい、せっかくだからもらっとけ」とって、棺おけの縁(ふち)からかたほうの手を出して、ぶらりとふった。ほうすると今まで、死んだとばっか思ってた米屋は、「ギャーッ、死人が口をきいた」って、ぶったまげて横っとびにとんで逃(に)げてったと。

これが幽霊(ゆうれい)の始まりだっちゅうよ。

お旦那とおかっさんは、香典にもらった金で、米や魚を買ったり、餅(もち)をついたり松飾(まつかざ)りをして正月をむかえたと。ほうして、子分衆(こぶんし)を寄(よ)せて、みんなでお

ごっそうを食って、いい正月をしたっちゅうよ。

何ちょうに…どうにかこうにか

いっさら…少しも

でん…できない

一貫五百…貫は昔の貨幣（かへい）の単位（たんい）

そうそう…さっそく

まんむしょうに…急に、早く

こんどう…ことだ

震え男…臆病（おくびょう）な男

一両…両は昔の貨幣の単位

このくにたいへん…こんなにたくさん

# 山の一軒家

むかし、あるところに、ふたりの炭焼きの若い衆がいとぉだと。

ある日、ふたりで山奥へ炭焼きに行ったと。ところが、どこでどう道にまよっただか、行っても行っても炭焼きがまのとこへは出んで、今まで来たこともないような深い山奥へまよいこんじまっとぉだと。

すると、むこうに一軒家が見えただっちゅうよ。そけぇ行ってみると、美しいむすめがただひとりで住んでいとぉだと。そこでふたりの若い衆が、

「おいらぁ、道にまよってこまってるだけんど、今夜ぁひと晩泊めてくりょぉ」

つってたのむと、むすめは、

「お前方ぁ泊めてやっても、うちには食う物も着てねる物もなんもねぇから、泊めることぁできん」つってことわっとぉだと。だけんど、ふたりの若い衆が、

「おいらぁ、食う物にも着る物にもなんにもいらん。ただ家の中へひと晩おいてさえくりょぉば、ええだから」つって、いくどもたのむと、むすめも、

「そんじゃぁ泊めてやる」つって、ふたりを中に入れてやっただと。

　そしてむすめは、

「おらぁ、ちょっくら用たしに行ってくるから、お前方ぁふたぁりで留守居をしていてくりょぉ。だけんど、けっしてこのたんすぅ開けてみちゃこまるだから。これだけぁ開けっこなんでおいてくりょぉ」つって、ふたりによくよく念をおして、どこかへ出ていっただっちゅうよ。

　ふたりの若い衆も、はじめのいとは、までに留守番をしていとぉだけんど、いつまでたってもむすめは帰っちゃこんし、見ちょといわれたたんすん中を、やたらに開けてみたくなったもんだから、

（ちっとぐらいじゃぁ、開けてみてもええら）と思って、ついついそのたんすに手をかけただと。まず、下の引出しを開けてみると、なんたら、その中は広

い広い田んぼになっていて、まだ植えつけたばかりの稲のなえが青々としていたと。つぎに、まんなかの引出しを開けてみると、もうその稲がだいぶのびてしげり、ぼつぼつ穂も出そろうというありさまであったと。それから、一番上の引出しを開けてみると、もう広い田んぼ一面の稲がよく実り、重くたれた穂が、ゆさゆさとゆれて、風のふくたびに黄金の波をよせていただっちゅうよ。

　これを見たふたりの若い衆はおどろいて、あわててたんすの引出しをしめて、知らぬ顔をしていたと。そこへむすめがもどってきとぉだと。むすめはなんとなく悲しそうな顔をして、

「おれん、あれほどたんすぅ開けてみちゃこまるといっとぉに、お前方ぁたんすの引出しを開けてみたなぁ。もし、おれん帰ってくるまでたんすの中ぁ見なんでいろば、お前方のうちのひとりをおれん婿にしっかと思っていとぉに。ふたりとも見ちまったからだめどぉ」つったと。それでふたりの若い衆はしかたぁなく、いとまごいをして、ようやく道を見つけだして家へ帰っただと。

それから後、心あたりの山ん中をなんぼぉさがしても、二度とふたたび、その一軒家はめっからなかっただっちゅうよ。

開けっこなんで…開けないで
はじめのいとは…はじめのうちは
までに…まじめに
見ちょ…見るな

# 鳥のみ爺

むかし、あるところにお爺やんとお婆やんがあった。

ある日、お爺やんが山へ薪取りに行って、ゴキンゴキンと薪を取っていると、近くの木の枝に一羽の鳥が飛んできて、お爺やんをばかにするようにめた鳴いた。お爺やんはおこって、

「このくされっ鳥め、人をばかにしちょ」と、でかい声でその鳥を追っぱらった。

お爺やんがまた薪取りをしていると、しばらくしてさっきの鳥が飛んできて、頭の上の枝へとまって、ばかにしてめた鳴いた。お爺やんが腹を立てて、薪をぶっくじいて鳥にぶつけようとしたら、鳥は急いで逃げていった。

お爺やんがまた薪取りをしていると、今度も鳥がやって来て、またばかにして、めためた鳴いた。お爺やんが、

「このくされっ鳥め、また来やぁがったか」と、あおむいたら、鳥は木の上からお爺やんの顔に糞（ふん）をひっかけた。お爺やんはかんかんにおこって、今度（こんだ）ぁ長い棒（ぼう）を持って追いかけた。そして棒を鳥にぶん投げると、それがうまく当たって、鳥は落ちて死んでしまった。それでもお爺やんはまだ腹が立ってたから、その鳥を羽根ごと頭からガリガリ食ってしまった。それからようやく、薪をしょってうちへ帰ってきて、お婆やんに、山で鳥を食った話を聞かせた。するとお婆やんは、

「お爺やん、そんなこんしたら、いまに体じゅうへ鳥の羽根が生（お）いてくるぞ」

といった。

四、五日たって、お爺やんが見るともなしに自分のへそを見ると、いつのまにかへそから鳥の羽根が生（は）えていた。お爺やんがおどろいて、

「お婆やんのいうとおり、こんなとこに鳥の羽根が生（お）いてしまっとぉが、こりゃあこまりもんどぉ。早くぬいちめぇ」といいながら、その羽根を引っぱったら、

急によい声で、

　ピンピンピヨドリ
　ごよのおんたから

と鳴いた。それでお爺やんはおどろいて、
（こりゃあ、羽根をぬくどころじゃあねぇ。阿呆もねぇよろこびじゃあねぇか）
と思って、お婆やんをよんだ。そして、お婆やんの前で羽根を引っぱってみる
と、やっぱりよい声で、

　ピンピンピヨドリ
　ごよのおんたから

と鳴いたので、お爺やんとお婆やんはたいそうよろこんだ。

「こりゃあどうして。羽根をぬくどころじゃあねぇ。たいせつにしとかねぇならん」と、お爺やんがいうと、お婆やんも、

「そうだ、お爺やん、いいことがあるぞ。ちょうどあしたはえらいお役人さまが往還(おうかん)を通るっちゅうから、聞いてもらったらいいじゃんけ」とすすめた。

　つぎの日、お爺やんが往還端(おうかんばた)に出て待っていると、むこうから、お役人がお駕籠(かご)に乗ってやってくるのが見えた。家来(けらい)が、「下にぃ、下にぃ」といいながら、お爺やんのそばまで来た。ところが、お爺やんが道の端(はじ)へも寄(よ)らず土下座(どげざ)もしなかったので、家来は、

「この爺(じんじ)ぃめ、ふとどきのやつだ」としかった。お爺やんは着物の前をはだけて、

「お役人さま、わしの体に鳥の羽根が生(お)いてきて、めずらしいことをいって鳴きやす」といった。するとお役人は、

「ばかっ、人間の体に鳥の羽根が生(お)いるはずがあるか」といって、しかった。

お爺やんが、

「けっしてうそじゃぁありやせぬ。そんじゃぁ見ておくんない」といいながら、へそのとこの羽根を引っぱってみせると、やっぱりよい声で、

ピンピンピヨドリ
ごよのおんたから

と鳴いた。お役人もこれにはおどろいて、

「阿呆（あほ）もねぇこんだ。爺ぃ、めずらしいこんだなぁ。もういっぺん鳴かしてみしょぉ」といった。

「ようごいす、なんぼでも」と、お爺やんがまた羽根を引っぱってみせると、やっぱりよい声で鳴いた。お役人はたいへん感心して、お爺やんにたくさんほうびをくれた。なんでも、甲金（こうきん）、小判、小粒（こつぶ）を数えきれないほどもらったので、そ

の後、お爺やんとお婆やんは長者(ちょうじゃ)になってしあわせにくらしたと。

それで市(いち)ん栄(さけ)ぇ

薪…たきぎ

めた鳴いた…しきりに鳴いた

しちょ…するな

阿呆もねぇ…思いもかけない、予想外(よそうがい)の

往還…大きな通り

甲金…甲州金(こうしゅうきん)のこと。昔、武田信玄(たけだしんげん)が作ったといわれる古いお金

小粒…江戸時代のお金で、小判(こばん)一枚の四分の一の価値(かち)

# うんとむかしのことだいね

再話　長野昔ばなし大学再話コース

# 鼻取り地蔵（じぞう）

むかし、三方（さんぼう）ヶ峰（みね）の山すそに、片羽（かたは）という村があった。この村に、たいそう働（はたら）き者の百姓（ひゃくしょう）が、ひとりでくらしておった。毎朝、夜の明けないうちに田畑にでかけ、夕方は暗くなってから帰るほどの働き者だった。

ある日のこと、いつものように、暗くなってから仕事を終えて帰ろうとすると、畑の中に、火のついたように明るいところがあった。近づいてみると、ひとかかえもある大きな石がかがやいていた。百姓は、この石は神さまであろうと思って、近所の人に手伝（てつだ）ってもらい、村の入り口に安置（あんち）して、朝夕おいのりをしておった。

片羽村は、もともと雨の少ないところで、田んぼの水には苦労（くろう）してきたのだが、この年はまた、たいへんな日照（ひで）りだった。来る日も来る日も天気がつづき、田んぼはからからで、田植えの時期になっても代(しろ)かきができない。村の人たちはほとほとこまっておった。

　ところが、働き者の百姓がかがやく石を安置して、朝夕おいのりをするようになってから数日後、おいのりのごりやくがあったか、めぐみの大雨がふった。

　さあ、村じゅう大よろこびで、これでやっと代かきができると、みんないっせいに田んぼへでかけた。この働き者の百姓も、代かきをしようと牛を引いて田んぼに行ったが、ひとりでくらしているこの百姓には牛の鼻取りをしてくれる者がいない。むかしの代かきは、牛に馬鍬(まんが)をつけて、牛を引っぱる鼻取りをする者と、うしろから馬鍬をおす者のふたりでやっていた。

「どうしたもんだ。ほかのうちの代かきが終わるまで待つしかねえか」と、田んぼのあぜにしゃがみこんで思案(しあん)していると、このあたりでは見かけない小僧(こぞう)がやってきて、

「おっしゃん、おれが鼻取りをしてやるわい」といった。百姓は、よろこんで

手伝ってもらうことにした。小僧はじょうずに鼻取りをして、夕暮れまでには、百姓の田んぼぜんぶの代かきをすませることができた。

　百姓が、大よろこびで、かたづけをしながら、

「小僧、ありがとよ。大助かりしたわや。今夜はごちそうするで、おらのうちで夕めしを食べていってくれや」といって、ひょいと見ると、小僧のすがたは、いつのまにか消えていた。

「小僧、小僧」と、大声でよんでも、どこにも見つからない。ふしぎなこともあったもんだと首をかしげながら、百姓は馬鍬を牛にくくりつけて、暗くなった道を家に帰った。

　それから、朝夕おいのりしている石のところに行き、

「お石さま、ありがとうございました。大雨をふらせてくださり、おかげさまで村じゅうの代かきが終わりました。おらとこはひとりだで、こまっておりやしたが、見知らぬ小僧が鼻取りをしてくれ、大助かりでやした」と、手を合わ

せ、頭を下げた。そして、顔を上げると、なんと、お石さまの下半分がぬれており、しかもどろがついているではないか。百姓は、「お石さま、きょう鼻取りをしてくださったのは、お石さまでござえましたか」と、もういちど深ぶかと頭を下げ、手を合わせた。

この話は村じゅうに伝(つた)わり、片羽の人たちはこの石を「鼻取り地蔵(じぞう)」とよび、お堂(どう)をたてて、村の守り地蔵としてたいせつにまつった。日照りのときには、このお地蔵さまをかついで村なかをまわってから八幡池(はちまんいけ)に入れておくと、ふしぎと雨がふるのだった。

片羽では、いまでも年にいちど、鼻取り地蔵のおまつりをにぎやかにおこなっている。

片羽…江戸期の地名。現在(げんざい)、長野県東御市(ながのけんとうみし)滋野(しげの)地区に集落名として残っている

代かき…田植えのために田に水を入れて土を砕(くだ)いてかきならす作業

鼻取り…たづなを六尺(しゃく)ほどの竹竿(たけざお)にくくりつけて、馬や牛の案内をすること（人）

馬鍬…牛や馬にひかせて田畑をかきならすくわ

# ぼっこ食(く)いむすめ

むかし、鷽(うそ)の口(くち)の庄屋(しょうや)の家に、子どもが十人いたと。ところが、はやり病(やまい)でみんな死んじまって、むすめがひとりだけ残(のこ)っただと。

「むすめにむこをとらにゃいかん」というわけで、男前のむこをとっただと。

三々九度(さんさんくど)の盃(さかずき)も終わってな、やがて床入(とこい)りということになっただ。むこさんが床に入(へぇ)って、

(よめさん早く来ねえかな、来ねえかな)って、待っていたと。だけんどもな、なかなか来ねえもんで、ふすまをそっと開けてみたらな、台所でむすめがまっかな口をあらってただと。そしてな、その口をふいたら、口から血ながしてるみてえに見えただとう。おっかなくなっちまってな、むこさんは、かっかと逃(に)げだしちまっただと。

その話がな、人に知れて広がっちまっただとう。そうしたらな、ある男が、
「そんな馬鹿なことがあるもんか、女っぷりはいいだし、あんねんもいいところだったら、おれが行ってやらぁ」っていって、むこに入っただと。

二番目のむこさんも床に入ってふすまを開けて見てただと。そうしたら、やっぱりまっかな口をあらっただと。むこさんは、
(前のむこは、むすめがまっかな口をあらったぐれえで逃げだしたつうが、おりゃあそんなぐれえのことにゃたまげねえぞ)と思って、見ていただと。ところが、その後、むすめは墓のほうへ歩きはじめただとう。さあ、それを見たら、むかし、きつねが女に化けて、夜な夜な人を食いころして、生き血をすってるなんつう話があったもんだから、二番目のむこさんも、いたたまれなくなっちまって、逃げだしちまっただとう。

そんで、この話が世間さまにずうっと広がっちまっただとう。そうしたらな、元気のいい男が、

「それじゃあ、おれをもらってくんねえか」ていっただと。ところがこの男はなあ、見たところは悪(わり)いだし、背(せ)もひくいだし、今まで来たうちじゃ、一番悪かっただと。だけんども、庄屋の家じゃあ来てくれるつうだから、むこにもらうことにしただと。

三番目のむこさんも、ねたふりをして、ふすま開けて見ていただと。そうしたら、むすめがまっかな口あらって、そして何するかと思ったら、かみの毛をざんばらとふりほどいて、墓のほうへ歩きだしただとう。

きもったまのすわったむこさんは、

(このあま、何する気だ。そっちがその気だったら、こっちもひとつ)と、見えつかくれつ墓まで後をつけていっただと。

そうしたらな、むすめは、まだま新しい墓のうしろへ行ってしゃがみこんで、何やら、ごそごそしていたと思ったら、なんとぼっこの太ももみてえなものにしゃぶりつきだしただとう。まんでっから気持ちが悪かっただけんども、じっと見ていたむこさんが、ちょっと動いたら、むすめがふりむいただとう。

　むこさんがな、

「おめえはそこで、何してるだ」ってきいたら、むすめは、

「見たらわかるずら」ていっただと。

「おお、見たらわかる。何食ってるだ」

「うんめえよ。あんたも来て、食ってみる」

「おお、おおめえに食えておれに食えねえものがあるか、おれにもわけてよこせ」

て、むこさんはいっただと。

　そうしたらむすめが、「はい」つって、ぼっこの太ももみてえなものをよこしただとう。むこが、「よしきた」つって、食ってみたらなあ、なんと、それはおこうこだっただと。

　むこさんの食うすがたを見て、むすめは、

「今までここまで見てくれた人はいなかったよ。おれが紅をつけておいて、口

をあらってたら、みぃんなおっかながって逃げちまった。あんた、どきょうがある。おれのむこになっておくれ」ということで、めでたく婚礼は成り立っただと。

その子孫であるこの家の衆は、みんなきもったまのすわっていることにおいちゃ、この村うちにゃねえつうことだ。

この家の衆がこの鷽の口の先祖の始まり、という鷽の口に伝わるうその話だと。

鷽の口…長野県南佐久郡佐久穂町の小字
あんねんもいい…あんなにいい
あま…おんな
ぼっこ…幼い子ども

まんでっから…とても
おこうこ…つけもの

、

# 小泉小太郎

昔むかし、西塩田の鉄城山のいただきに、一軒の小さな寺があった。この寺で修行していた坊さまのところに、毎晩、美しいむすめが通ってくるようになった。むすめは、真夜中にどこからともなくやって来て、いっとき坊さまとなかよくすごすと、またどこへともなく帰っていく。

いぶかしく思った坊さまは、ある夜、むすめの着物のすそに、糸を通した針をそっとつけておいた。夜が明けてみると、糸は戸口のふしあなをぬけてずんずん沢を下っている。坊さまが糸をたどって沢をおりていくと、川上にある鞍淵の岩屋の中へとつながっていた。坊さまがおそるおそる岩屋の中をのぞいてみると、なんと、いっぴきの大蛇がとぐろをまいて、赤子を産もうと苦しんでいる。

「どうしたことだ。あのむすめは、大蛇だったか、この淵の主であったか」
坊さまはおどろいて、寺へにげ帰った。

大蛇は、坊さまに自分のほんとうのすがたを見られたことを知って、たいそうせつながった。それに、針の鉄の毒もからだに回って、赤子を鞍岩の上に産みおとすと、それっきり死んでしまった。

すると、にわかに大雨が降りだし、あたり一面洪水になって、大蛇も赤子もおし流されてしまった。大蛇の骨は、蛇骨石となって川下にちらばった。

それからというもの、大蛇が赤子を産みおとした川ということで、この川は産川と呼ばれるようになった。

生まれた赤子は、産川を流れ下り、二里ほども川下の小泉村で、ひとりのばあさまにすくい上げられた。ばあさまは、この赤子を小太郎と名づけて、たいせつに育てた。

小太郎は、生まれつき、なりは小さかったが、からだつきはたくましく、毎日大食(ぐ)いをしてすくすくと育った。けれども、いつもごろごろと寝(ね)ているばかりで、何ひとつ仕事をしたことがない。

　小太郎が十四、五歳(さい)になったある日、ばあさまは小太郎にいった。

「小太郎や、おらちのくらしむきもさほど楽じゃねぇ。おめえをやしなうのもたいへんなことだ。おめえももう一人前のおとなになったんだで、少しはばあの手助けしろや」

　それを聞いた小太郎は、むっくと起きあがり、

「よし、それじゃあひと働(はたら)きしてくるでなぃ」といって、家の裏(うら)の小泉山(こいずみやま)にたきぎ取りにでかけていった。山には一面萩(はぎ)の木が生(は)えていたが、小太郎はたった一日で、小泉山の萩の木を一本のこらず根こそぎ取りつくした。夕方になると、取った萩の木をたったふたかかえばかりの束(たば)にまるけて帰ってきた。

　小太郎は、いろり端(ばた)にでーんと萩の束を投げおろして、ばあさまに向かっていった。

「ばあさま、小泉山じゅうの萩の木を取ってきたで、この束は、むすび縄をほどかないで一本ずつぬいて焚くだよ」

「よしよし、承知した」

ばあさまは、そう答えたものの、腹の中では、

（一日仕事をしたくれぇで山じゅうの萩なんか取れるもんでねぇ、それに山じゅうの萩の木がこんな小せえ束にまるかるものか）と、小ばかにしてわらっていた。それで、小太郎のるすに、むすび縄をひょいっとほどいた。そのとたん、萩はたちまちはぜくりかえって家いっぱいに広がり、屋根の煙出しをはねあげた。ばあさまは、あっというまに萩の山におしつぶされて死んでしまった。

それからというもの、小泉山には萩が一本も生えないようになった。となりの仁古田村には、小太郎がでっかい石橋をひとりでかけて、こまっていた村人を助けたという話も伝えられている。小太郎の子孫は長くこの地に住んでいて、子孫の男の子は今でも横っ腹に蛇のこけらのあとがあるという話だ。

赤子…あかんぼう

二里…里は長さの単位。二里はおよそ七、八五四キロメートル

まるけて…まとめて

煙出し…窓（まど）、あるいは煙突（えんとつ）

こけら…うろこ

# 天狗(てんぐ)の生き針(はり)

むかし、あるところに、ひとりのばかなむすこがおりました。

ある日、むすこがお寺山(てらやま)へいって、畑仕事をしていると、空から天狗(てんぐ)さまがまいおりてきて、一尺(いっしゃく)くらいの棒(ぼう)と針(はり)を一本くれました。天狗さまは、「鉄の棒は、三度『せんりょう』といってふれば、空高くまい上がるからやってみなさい。それから、針は、病人がいたら、呪文(じゅもん)をとなえながら、針を三度さして、『生きろ、生きろ』というと、病人はたっしゃになる」といいました。

むすこが天狗さまのいったとおりに、鉄の棒を三度、「せんりょう」といってふると、空高く舞(ま)いあがりました。

そして、雲をこえ、山をこえ、ずいぶんと遠くのほうへ行ったところ、大きな川が流れていました。そこでむすこは、川のそばへおりました。そこには白(はく)

馬(ば)が死んでいました。むすこが天狗さまのいったとおりに、呪文をとなえながら、針を三度さして、

「生きろ、生きろ」というと、馬はほんとに生きかえりました。その馬はりっぱな馬でした。

むすこは馬にまたがって、しばらく川ぞいに川上のほうへ行きました。すると向こうから、おおぜいの人が、泣(な)きながら歩いてきました。むすこが、

「どうしたんですか」ときくと、

「庄屋(しょうや)さんのひとりむすめが、急になくなったんです」

そういって、みんな泣いていました。むすこが、

「私はなくなった人を生きかえらせることができます」といったところ、庄屋さんは、

「ぜひお願いします」といいました。

むすこは針をとり出して、呪文をとなえながら、むすめに針を三度さして、

「生きろ、生きろ」といいました。
するとむすめは生きかえりました。庄屋さんはじめ、みんなは大そうよろこびました。
それから、むすこは、庄屋さんのむすめむこさんになり、末長く幸せにくらしました。
おしまい

一尺…尺は長さの単位。一尺はおよそ三〇、三センチメートル
せんりょう…潜竜が語源という説がある

# ぐつの話

とんとん昔、あるところに、兄と弟が住んでいて、弟の名はぐつといったそうだ。

その日は、おっかあの命日だというので、兄がぐつに、

「ぐつ、塔婆立てねぇなんねぇで、われお寺行って、お坊さまたのんでこい」

といったそうだ。ぐつが、

「お坊さまっていったいどんな着物きているずら」ときくと、兄は、

「そうだなぁ、お坊さまは、ふだんは黒い着物きているかもしれねぇ」といったそうだ。

そこで、ぐつが、

「よし、お坊さまは黒い着物だな」といいしま、てこてこ歩いていくと、お寺

の庭の柿の木にからすがとまっていた。ぐつは、

（これがお坊さまだな）と思って、

「お坊さま、お坊さま、おらぁおっかあの命日だで、来てくんろ」と、でっけえ声でいった。すると、からすは、

「カア、カア」と、舞っていった。

　ぐつが家へ帰ると、兄が、

「ぐつ、お坊さま、なんていった」ときいたもんで、ぐつは、

「お坊さま、カア、カアって、どっかへいっちまった」と答えた。兄は、

「ばかだなぁ。そりゃからすじゃねぇか。いまいちど行ってたのんでこい」といった。そこで、ぐつが、

「お坊さま、どんな着物きているずら」と、またきくと、兄は、

「そうだなぁ。お寺の中へ入ってみろ。もしかしりゃ、お坊さま赤い着物きて、すわっているかもしれねぇ」といった。

そこで、ぐつが、

「よし、お坊さまは赤い着物だな」といいしま、てこてこ歩いていくと、お寺の入口に牛小屋があった。その中に赤い牛がすわっていた。ぐつは、

（これがお坊さまだな）と思って、

「お坊さま、おらぁおっかあの命日だで、来てくんろ」といった。すると牛は、

「モウ」とないた。

　ぐつが家へ帰ると、兄が、

「ぐつ、お坊さま、なんていった。来てくれるっていったか」ときいたもんで、

「お坊さま、モウっていったで、もう来るずら」と答えた。兄はあきれて、

「ばかだなぁ。モウってがぁ、牛だんねか。しょうがねぇ、こんどおれ行ってくるぞ。ぐつ、われは飯（めし）の火でもたけ」といいつけて、自分でお坊さまをたのみにいった。

　さて、ぐつが飯をたいていると、やがてなべが、

「グツ、グツ」といいだした。ぐつは、

（このなべはおれの名前知っていて、呼ぶだか）と思って、

「ああ、ああ」と、いっしょうけんめい返事をした。それでもまだ、

「グツ、グツ」いうもんで、

「ああ、ああ」

「どうした、どうした」

「なんだ、なんだ」と、返事をしているうちに、ごうがわいてきた。そこで、

「この野郎、おれがこんなに返事しているがに、まだおれの名を呼びすてにしやがって」といって、じろの灰を飯の中へさらいこんだ。すると、グツグツいわなくなったもんで、ひと安気していた。

　そこへ、兄が帰ってきて、灰ばかりの飯を見て、

「ぐつ、われはまぁ、たまげたばかだなぁ。これじゃお坊さまに出すこともできねぇ」といった。

そして、兄は、

「しょうねぇで、たかにある甘酒でもおろして、おごっそするか。ぐつ、おれ、たかへ上がって、かめ、差ん出すで、われ、下でしっかり尻おさえろ」といった。ぐつは、

（こんどこそうまくやるぞ）と、力んでいた。兄はたかへ上がって、甘酒のかめを差ん出して、

「いいか、いいがに尻おさえろ」といった。すると、ぐつは下で、

「いいがに尻おさえた」といった。

「げえにおさえろ。痛ぇほどおさえろ」

「げえにおさえた。痛ぇほどおさえた」

「いいか、手はなすぞ」

「いいよ」と、ぐつがいったもんで、兄は手をはなした。すると、かめがドサンと下へつっつき落ちて、甘酒はみんなこぼれてしまった。ぐつはまっかな顔

して、自分の尻をおさえて、ウンウンうなっていたそうだ。

こうして、お坊さまが来ても、なんにも、おごっそする物がなくなってしまったから、この話はこれでおしまい。

塔婆…供養(くよう)のために用いる細長い白木板
われ…おまえ
ごうがわいてきた…腹(はら)を立てた
じろ…いろり
たか…二階(かい)
おごっそ…ごちそう
いいがに…ちゃんと
げえに…強く

# かも取り

昔むかし、あるところに、てっぽううつのがなかなか上手で、毎日鳥やらうさぎやらうってきては、子どもらにおごっそうしてくれたそうな。

ある冬の寒い朝、てっぽううちは、いつものように弁当しょって、てっぽうかついで、山へでかけたそうな。そうして、ぽつぽつ行ったけれども、野原っきりで、鳥もうさぎもなんにもいねかったそうな。

それから、どんくれえ行ったか、だいぶ行ったところに、大きな池があって、池の向こっ端で、かもが十羽ばか遊んでたそうな。

てっぽううちはよろこんで、たまをこめて、一発ズドンとかもをうったそうな。そうしたら、いいあんべえにころりとひとつ死んだそうな。また一発ズドンとうったら、ころりと死んだそうな。そこで、ポンころり、ポンころりと、つづけてみんなうっちまったそうな。そうして、そのかもをみんな、自分の腰いつけて、

（まだなんか、うまいことはねえか）と思いながら、また野原を行ったそうな。そのいとに、お天道さんが、東のほうからちゃかちゃかちゃかっと上がってきたそうな。そうしたところが、腰いつけてたかもが羽根をパコパコさせたそうな。かもは死んでねくてしみてただけで、お天道さんが照ってしみがとけて、羽ばたきしたんだそうな。そうして、かもが舞いあがったもんで、てっぽううちも、いっしょに上へ上へと上がってったそうな。てっぽううちは、（どうしたもんだ）と思ったけれども、やりようもねくて、そのまんまにしてたところが、ちょうど天の雷さんとけへ行っちまったそうな。

そうしたら、雷さんが、

「こらおめえ、なんしにこんなとけへ来た」ときいたそうな。てっぽううちは、

「へい。じつは、かもをうったところが、死んでねくてしみてただけだった。お天道さんが照ってしみがとけて、かもが羽ばたきしたもんで、いっしょにここへ舞いあがってきちまった。まことに申しわけねえこんだが、かんべんしておくんなさい」と答えたそうな。そうしたら、雷さんが、

「そうか。よし、そんじゃかんべんするから、きょうからおれの家来んなれ」

といったそうな。

てっぽううちは、「へい」といって、雷さんの家来んなって、それから毎日、夕立やら、ふつうの雨やら、しぶしぶふるような雨やらのふらせかた教ったそうな。

ある日、雷さんが、

「きょうは夕立やるんだからして、前に教たとおりやれ」といったそうな。てっぽううちはしかたねえから、雷さんのたいこをドンドンドンとたたいて、雨をふらせてたところが、気がつかねえいとに大夕立んなって、雨がざあざあ

ふったそうな。そんでもやめねで、ドンドンドンドンたたいてたら、雲の切れてるとけへ行っちまって、ドサーンと下へ落っちまったそうな。あんまり高え天から落ったから、こんだ土の下の、地震の神さんとけへ行っちまったそうな。

そうしたら、地震の神さんが、

「こらおめえ、なんしにこんなとけへ来た」ときいたそうな。

「へい。じつは、わしはてっぽううちでもって、かもをうって、腰いつけてたところが、死んでねくてしみてただけだった。お天道さんが照ってしみがとけて、かもが羽ばたきして舞いあがったもんで、わしもいっしょに雷さんのとけへ行っちまった。そんで、雷さんの家来んなって、雨ふらせること教って、夕立やってたところが、雲の切れてるとっから、ここへ落ってきちまった。まことに申しわけねえこんだが、かんべんしておくんなさい」と、てっぽううちは答えたそうな。

そうしたら、地震の神さんが、

「よし、そんじゃかんべんするから、こんだおれの家来んなれ」といったそうな。

てっぽううちは、「へい」といって、地震の神さんの家来んなって、それから毎日、「あすこの柱ゆすぶれば、このくれい地震がよる。こっちのゆすぶればこのくれい地震がよる」と、地震のやりかた教ったそうな。

ある日、地震の神さんが、

「おめえも地震のやりかた覚えたから、きょうはやってみろ」といったそうな。

てっぽううちが、

「どれゆすぶればいいだ」ときくと、地震の神さんが、

「あそこの、あの丸まっちえ大きな柱ゆすぶるだ」と教ってくれたそうな。

てっぽううちが、そこへいって大きな柱みたのゆすぶったところが、ガサンガサンと大地震がよったそうな。家はつぶれるなんかして、あんまりひでえ地震だったもんで、てっぽううちは驚けて、ぱたんと目あいちまったそうな。

気ついたら、丸まっちえまくらだいて、寝床ん中に寝てたそうな。

てっぽううちは、夢見てたんだそうな。夕立だといって雨ふらせてたとこは、ふとんに寝小便うんとまっちまってたそうな。地震だといって柱ゆすぶってたとこは、丸まっちえまくらだいてゆすぶってたんだそうな。

そればっかり

そのいとに…そのうちに
しみてた…凍っていた

# ムジナ

むかし、真人というとこにムジナがいて、しょっちゅう村の衆だまかしていたって。

まあずそこらへ行って、店なんか荒らしてそう、そうして店の品物いっぺとったりしたって。

それで、村の衆が相談して、

「きょうはムジナの退治だ」てんで、みんなでムジナの穴ほじくったって。

そうしたら、富山の薬売りみたいにそう、でっけえ荷物を高くして、ふろしきに包んでそう、へんこらへんこら背負て穴から出てきたって。

「まあずご苦労でございます。おら、この真人のムジナにだまされて、十年も前からここへ入って出られなかった。それでまあ、おめさんがた村の衆のおかげで助かった」って、おおよろこびで出てきたって。

　そうしたら、その後から、つぎからつぎへと出てきたって。五人も六人も出てきたって。

「おれも五、六年前に入った」とか、

「七、八年前にだまされて、ここへ入っちゃった」とか、

「まあず出られなくて、ひどい目したんだが、ありがとうございます、ありがとうございます」と、頭下げて礼いって出ていった。

　それがそう、出ていったのは、みんなムジナだったたって。自分の子しょってそう、逃(に)げていったんだって。

真人…新潟(にいがた)県小千谷(おぢや)市にある地名

# 笠地蔵（かさじぞう）

むかし、あるところに、貧乏（びんぼう）なおじいさんとおばあさんがいました。おじいさんは、毎日山からたきぎをとって、それを町へ売りにいき、おばあさんは家で糸をつむいで、なんとかくらしていました。

ある日、おじいさんがいつものように町へたきぎを売りにでかけていくと、とちゅうでひどい夕立がふってきました。見ると、道ばたに六地蔵（ろくじぞう）さまがずぶぬれになって立っています。おじいさんは、

「こんなにぬれてかわいそうに。そうだ、このたきぎを売ったお金で笠（かさ）を買ってきて、かぶせてあげよう」といって、町へ行きました。

ところが、たきぎを売ったお金をぜんぶ出しても、笠は五つしか買えなかったので、ひとりのお地蔵さまにはかぶせてやることができませんでした。おじ

いさんはそのお地蔵さまをかわいそうに思って、うちへ背負って帰りました。

おじいさんがうちに帰ると、おばあさんが、

「きょうは、雨にふられてたいへんでしたね」といいながら、戸を開けてくれました。

おじいさんは、背負ってきたお地蔵さまを上がり口にどさんとおろして、きょうはお米が買えなかったことを話しました。おばあさんはおどろいて、

「そんじゃ、今夜は何を食べて寝ればいいんですかねえ」といいました。おじいさんは、

「まあ、湯でも飲んで寝るとするか」といいました。それから、ふたりはその晩は湯だけ飲んで、お地蔵さまをまくらもとにおいて寝ました。

夜中のことです。おじいさんが、ふと目をさましてみると、まくらもとでボロボロと音がします。ふしぎに思って、そっと手をやってみると、そこに立っているお地蔵さまの口からボロボロとお米がこぼれています。おじいさんはお

どろいて、

「ばあさん、いそいで起きてみろ。お地蔵さまの口からお米がこぼれているぞ」

といって、おばあさんを起こしました。けれどもおばあさんは、

「なに寝ぼけているんですか。そんなおかしなことといってないで、しずかに寝てくださいよ」といって、なかなか起きません。それでもおじいさんが、

「いいから起きてみろ」とあんまりいうので、おばあさんは起きてみました。

するとなるほどお地蔵さまの足もとにはお米がたまっていて、それでもなお、お米はボロボロこぼれて、小さな山になりました。おじいさんとおばあさんは、

「ふしぎなことがあるもんだ。ありがたい、ありがたい」と、そのお米を炊(に)て、おなかいっぱい食べ、お地蔵さまにもおそなえしました。

それからというもの、お地蔵さまの口からは、おじいさんとおばあさんが一日たっぷり食べられるだけのお米がこぼれ出ました。そのおかげでふたりは、一生楽にくらしました。

おじいさんとおばあさんがなくなったあとは、お地蔵さまの口からお米が出ることはありませんでしたとさ。

# 河童(かっぱ)の片腕(かたうで)

むかし　飛騨(ひだ)のずうっと山奥(おく)の河合村(かわい)というところに　長平(ちょうべえ)という百姓(ひゃくしょう)が住んどった。長平は、長年畑をたがやして、ようやくたくさんの作物がなるようになったんやと。

ある年のこと、長平がほねをおっただけのことはあってな、できばえのいい胡瓜(きゅうり)がたあんとなったんやと。

ある日、長平がようこえた胡瓜をこうざに山ほどおねて帰るとな、「今年はたくさんつけ物がつけられるで、うれしいこっちゃ」と、女衆(おんなしゅう)がよろこんだんやと。

長平は毎朝、畑に胡瓜をもぎに行っておったが、ある朝ふしぎなことに気がついた。でかい胡瓜は一本もなしで、曲がって細長いものばっかりやった。

（こりゃ、おかしいぞ）と思ったが、畑に人が入ったようすもない。ところが、つぎの朝も畑に行ってみると、やっぱりでかい胡瓜は残っとらなんだ。

　こんなぐあいで取ってかえる胡瓜のない日がつづいたんやと。長平は、「こりゃ、瓜ぬすっとの仕業にちがいないな、見つけたらただではおかんぞ」と、気をつけて見てみたが、ぬすっとらしい足あとも人かげもない。なんともふしぎなことやなぁと思っておった。

　ところがある日のこと、長平が早起きして、夜明け前に胡瓜畑をひとまわり見まわいてみたら、なにやら動いておる。そっと隠れてよう見るとな、畑の中で、ふたつくらいの子どもの大きさの赤黒いはだかのへんなものが、胡瓜を食っておる。でこうなった胡瓜ばっかを、ちぎってはうまそうにむしゃむしゃ食っておる。長平は、つぎからつぎへと食いつづけるのを見ておったが、たまりかねてとびだしていった。そしてそいつを棒くいでなぐりたおしてしまった。それから、自分の帯で後ろ手にしばりあげて、ひいひい泣くのを家まで引きずって帰った。

　路地の杭に太いなわでしばりつけたらな、それを見て、家の者はおおさわぎした。そのうち村の衆みんなにも伝わって評判になり、つぎからつぎへと人が見物に来たんやと。

　その晩方のことや。夕げのしたくをしておった下女が、子どもみたいな赤黒いはだかのへんなものを、やくとに水ひしゃくでぽかぽかたたいたんやと。すると、ひしゃくに残っておった水が、子どもみたいな赤黒いへんなものの頭にぴしゃっとかかってな、そのとたん、そいつはすごい力を出してあばれだしたんやと。すると太いなわでしばってあったそいつの左腕は、ちぎれてまった。赤黒いへんなものは、その左腕を置いたまんま、大川のほうへ逃げていった。

　つぎの朝、長平が胡瓜畑へ行こうとすると、そいつがやってきて、長平の前にしおしおとすわって、

「私はこの大川の下の淵に住む河童でございます。きのうまであなたさまのた

いせつな胡瓜をぬすんでまことに申しわけございませんでした。きょうかぎりけっして悪さはしませんから、どうぞゆるしてください」とあやまったんやと。そして、

「きのうちぎれて置いていった左腕を、どうぞどうぞ返してください」と、一生けんめいあやまるので、長平もふびんに思って、

「きょうかぎり悪さをせんというのなら、ゆるしてやるわい。それから、河童は人を淵へ引きこむということやが、今後いっさいやらんというのなら腕を返してやるぞ」といったんやと。すると、河童は、

「これからはけっして悪さはしません」と、かたくちかったので、左腕を返してやったんやと。河童は、手を合わせて何度も何度も長平をおがみ、うれしそうに帰っていった。

つぎの朝、長平が畑に向かおうとすると、かけばりに川魚が五、六ぴきつり下げてあった。家の者にきいてもだれも知らんという。

つぎの日もまたつぎの日も、かけばりに同じように川魚が下げてあるもんで、（こりゃぁ、きっと、このあいだの河童が片腕を返してもらった礼に持ってくるんでないかな）と思った。それからも、ずうっと長いこと川魚がとどけられておった。

ところが、なにぶんにも木でできたかけばりは、くさってまって引っかけられんようになってしまった。そこで長平は、こんどは長持ちするように、鉄でかけばりをこさえてかけておいたんやと。

そしたら、そのつぎの朝からは、川魚はもう届（とど）かんようになってまったんやと。

こうざ…木や竹をうすく割（わ）って編（あ）んだ背負（せお）いかご

おねて…せおって

やくとに…わざと

# 稚児岩(ちごいわ)

ずうっとむかし、駄知(だち)は田畑が少なく、小さな村でした。よそからこの村に入るには、峠(とうげ)をこえてこなくてはならず、こんなまずしい村へやってくる人はまれにしかありませんでした。

あるとき、加藤彦右衛門(かとうひこえもん)という武士(ぶし)が峠をこえてやってきました。そして、刀をすてて武士をやめ、ここでくらすようになりました。彦右衛門は、朝早くから山や野原をきり開き、村人のだれよりも働(はたら)きました。

三年の月日がたつころには、田畑がふえて、作物もたくさんとれるようになりました。彦右衛門は、働き者で読み書きができたので、村人からありがたがられ、「彦さん」「彦さん」と、親しまれるようになりました。

やがて、彦右衛門は、村のおいとというむすめを嫁(よめ)にもらいました。ふたりは、とてもじょうぶで働き者でしたから、くらしむきはたいへんよくなりました。けれども、何年たっても子どもがさずかりません。

　彦右衛門は小さな観音さまを家におまつりしていました。この観音さまは、彦右衛門が前におつかえしていたお殿さまからいただいたものでした。毎晩ふたりは、

「どうか子どもをおさずけください」と、観音さまにおたのみしました。

　ある夏の夜、いつものようにおがんでいると、

「ここから西南五丁ばかりの山上に、わたしとゆかりのある土地がある。そこにわたしをまつりなさい。さすれば、おまえらに一子をさずけよう」と、観音さまからおつげがありました。ふたりはふかぶかと観音さまに頭を下げました。

　あくる朝、ふたりは、観音さまを胸にしっかりかかえて、西南に向かって歩きはじめました。滝ケ洞というがけまで来ますと、ふたりは足がぴたっと止まって動けなくなりました。見ると、足もとの平らな岩の向こうに大きな岩がつき

出していて、上が屋根のようになっていて、下はほこらのようにくぼんでいました。ふたりがそこへ行こうとすると、ふしぎなことに足がまた動きはじめました。こうして、ふたりはそのほこらの中に観音さまをおまつりしました。

つぎの日から、ふたりは毎晩かかさず観音さまへおまいりにでかけました。ある晩、おまいりに行くとちゅうで、ものすごい稲妻(いなづま)が走り、大きなかみなりが鳴りました。ふたりが先を急ごうとしたとき、どこからか、オギャーオギャーと、赤んぼうの泣(な)き声がしました。ふたりが耳をすますと、こんどは、はっきりと滝ケ洞の谷ぞこから聞こえてきました。

ふたりはむちゅうで声のするほうへ下っていきました。谷ぞこに着いて目をこらしてよく見まわしましたが、黒々とした大きな岩があるばかりでだれもいません。さっきの泣き声も聞こえなくなっていました。ふたりは、赤んぼうの声がまた聞こえるかと思い、耳をすませてしばらく谷ぞこに立っていました。けれども、いつまで待っても聞こえません。

ふたりはだまったまま、もとの道を上がり、観音さまをおまつりしてあるほこらへ向かいました。そして、観音さまをおがんでいると、オギャーオギャーと、元気な赤んぼうの声が、また聞こえてきました。ふたりが声のするほうを見たとたん、ピカッと稲妻が走り、谷ぞこの黒い大きな岩が見えました。

それからまもなくして、おいとのおなかに子どもがさずかったことがわかりました。おいとのおなかが大きくなるにつれて、観音さまにおまいりするときに聞こえる泣き声も、オギャーオギャーと、大きくたくましいものになっていきました。

つぎの年の春、元気な男の子が生まれました。彦右衛門はその夜、観音さまにおまいりにいき、心からお礼をいいました。

村人たちが彦右衛門の家におおいわいに集まりました。ふたりは、滝ケ洞に観音さまをおまつりしておがんでいたこと、かみなりが鳴った夜、赤んぼうの泣き声を聞き、その日に子どもがさずかったことを話しました。

この話は口から口へと伝えられ、観音さまにおまいりして子どもをさずかる人がふえました。そしていつからか、赤んぼうの泣き声がしたあの黒い大きな岩は稚児岩とよばれるようになりました。こうして駄知の村は、人がふえ、ゆたかな村になりました。

五丁…丁は距離の単位。五丁は五四四、四五メートル

# しゃもじのたぬき

昔むかし、さるむかし。

年の暮(く)れに、ひとりのおじいさんが、水戸野(みどの)の村からとなりの和泉(いずみ)の村まで買い物にやってきました。年越(としこし)の品をあれこれ買いそろえたあとで、さいごにおばあさんからたのまれていた大きなしゃもじを買いました。すると店の人が、「せなかのかごがいっぱいで中に入らんから、横にしてさしとくで、気をつけて行きなさいや」といいました。

このおじいさんは、ちょっとこしぬけな人で、暗い道をひとりで帰っていくのがこわくてたまりません。お日さまがかたむきかけたのを見ると、あわててお店を出ていきました。そして、はや足でうちへ帰っていきました。おじいさんは、

（山の日暮れは早えで、じっきに暗くなってまう。とちゅうの上のいん谷は、きつねやたぬきが出るというとこやが、あそこを通るのはおそがいな。せっかく買った魚やあぶらげをとられたらいきゃんが）と思いました。

そして、いよいよその谷にさしかかると、おじいさんはこわくなって、とうとう小走りに走りだしました。

（おそがい、おそがい）と思いながら走っていると、急にせなかのかごが重くなったような気がしました。

（さては、たぬきのやつがかごの中に入りよったな。せなかにたぬきを背負っとるんだ）と思って、おじいさんはいちもくさんに走りだしました。

やっとのことでうちにたどりつくと、おじいさんは、

「これ、おばあさんや、大きなたぬきぼうずにおばれとる気がして、重うてかなわん」といって、戸をあけて、うちにとびこもうとしました。ところが、どうしたわけか中に入ることができません。おじいさんは、

「おばあさんや、たぬきがおれをうちに入れさせんようにしとる。助けてくれ、早う早う」と、大声でよびました。おばあさんは奥から、

「そんなばかなこと、あらせん。今どきたぬきなんかあらせん」と答えました。

おじいさんはなおも、

「ほんでもたぬきがかごをつかまえて引っぱっとるので、中へ入れんのじゃ」

とさけびました。

「そんな、ばかなことあらせん」といって、おばあさんが奥から出てきてみると、おじいさんは戸口のところで、じたばたして青くなっていました。おばあさんは落ちつきはらって、

「おじいさん、そのせなかのたぬきをよくよく見てみなされ」といいました。

　そこでおじいさんが、「どうれ」とふり返ってみると、なんと、かごにさしてある大きなしゃもじが、戸口の柱につっかえていて、それで中に入れなかったのです。

それからというもの、そのおじいさんは村のみんなに、「しゃもじのたぬきにじゃまされてうちに入れんかった人」といわれたそうです。

そんだけ

おそがい…おそろしい

# かえるの嫁(よめ)さん

♣ドイツ♣

昔むかし、あるところに、三人の息子(むすこ)をもった父親がいました。

父親は上のふたりに、じぶんで嫁(よめ)をさがしてこいといって、世間(せけん)に出しました。しかし三番目のばかなハンスは家において、家畜(かちく)の世話をさせていました。

ハンスはそれがふまんでした。それでしまいには父親も、

「そうか、それじゃいってこい。おまえだって嫁さがしくらいできなきゃなあ」

といいました。

そこでハンスもでかけていきました。すると大きな森があり、森をぬけたところに池がありました。

その岸にかえるがいっぴきいて、ハンスにききました。

「おや、ハンス、どこへ」

「そうね、嫁さんさがしにさ」

「わたしと、結婚して」と、かえるがいいました。ハンスも嫁さんなんてどこへさがしに行ったらいいのかわからないので、

「そうしよう」といいました。かえるは池の中にとびこみ、ハンスは家に帰ってきました。

兄たちはもう家に帰ってきていて、ばかなハンスも嫁さんを見つけてくるかどうか首を長くして待っていました。

「ああ、見つけてきたとも」と、ハンスはいいました。

つぎの日、父親は、息子たちに麻糸をひと袋ずつやって

「嫁に三日のうちに一番きれいな麻布を織らせた者に、この家をゆずろう」といいました。

そこで、三人はでかけていきました。

ハンスは、森をぬけ池まで行ってみました。するとあのかえるが岸にいて、

「おや、はなむこさん、どちらへ」とききました。

「おまえのところへ来たんだよ。ここに麻糸がある。織り物はできるかい」

「できるわ。その麻糸の袋を、わたしのせなかにしばりつけてちょうだい」

ハンスがいわれたとおりにしばりつけると、かえるは池の中にとびこみました。ハンスはかえるに織物ができるかどうか心配でした。

それでもつぎの日、ハンスはまた池まで行ってみました。するとあのかえるが岸にいて、

「おや、はなむこさん、どちらへ」とききました。

「おまえ、麻布は織れたかい」

「ええ、織れたわ」といって、かえるは池の中にとびこみ、麻布を一反(たん)持って出てきました。それは今まで見たこともないほどきれいな布だったので、ハンスはすっかりよろこんで家に帰ってきました。そしてハンスの布がほんとうに一番きれいだったので、兄たちは、おもしろくありませんでした。

そこで、父親はこういいました

「おまえたちのなかで、一番美しい嫁をつれてきた者にこの家をゆずろう」

すると、ハンスは、水桶(みずおけ)を持ってでかけました。それを見ていた兄たちはふしぎに思ってたずねました。

「なんで水桶なんか持っていくんだい」

「嫁さんを入れるのさ」

「こいつは、きっとべっぴんさんをつれてくるんだろうよ」

兄たちは大わらいして、でかけていきました。

ハンスはまた池まで行ってみました。するとあのかえるが岸にいて、ききました。

「おや、はなむこさん、どちらへ」

「きょうは、おまえをむかえに来たんだよ」

するとかえるは池にとびこみ、三つのかぎを持ってあがってきました。そして、

「このかぎをもって、あの山へ登っていきなさい。てっぺんにお城があります。この三つのかぎのうち、ひとつは居間のかぎ、ひとつは馬小屋のかぎ、ひとつは馬車おき場のかぎです。居間には赤い服と緑の服と白の服があります。馬小屋には白い馬が二頭、青い馬が二頭、くり毛の馬が二頭います。そして、馬車おき場には金の馬車と銀の馬車とガラスの馬車があります。どれでもあなたの好きなものをお取りになっていいんですよ」といいました。

ハンスは、山に登り、城の中に入りました。かぎをあけて居間に入り、そこにある服を順番に着てみました。赤や緑はにあわなかったが、白はよくにあったので白に決めました。つぎに馬小屋にはいり、くり毛の馬を取り、それから馬車おき場に入り、金色の馬車ではりっぱすぎ、銀色の馬車では重すぎたので、ガラスの馬車にしました。そして、白い服を着てガラスの馬車にくり毛の馬をつけ、池までおりてきました。

池の岸には、すばらしくきれいなむすめが立っていて、ハンスにむかっていいました。

「あなたのおかげで、わたしはすくわれました。もし、あなたがどこででも最高のものを選(えら)んでいたら、わたしは、かえるのままでいなければならないところでしたわ。この大きな森はじつは果樹園(かじゅ)で、池はバラの花園なんです。これはみんなあなたのものですわ。お父さんの家はお兄さまたちにあげてしまいなさい。あなたは、自分が選んだ人と結婚できるのですもの」

けれども、ハンスはこういってむすめにたのみました。

「いや、いっしょに来てくれ。父や兄たちにあなたを見せなくては」

父と兄たちは、ハンスがすばらしく美しいむすめを馬車に乗せて帰ってきたのを見て、びっくりしてしまいました。

しかし、とつぜん、その美しいむすめのすがたは消え、白いはとになって空高く飛(と)んでいってしまいました。

それでもハンスは、父の家は兄たちにあげてしまい、山の上の城で自分が選んだむすめと結婚し、幸せにくらしました。
それで、もしまだ死んでいなければ、今でも生きているでしょう。

# 連れのうて　きこうや
# 岡山の昔ばなし

再話　岡山昔ばなし大学再話コース

# 占い八兵衛

なんとむかしがあったそうな。

むかし、あるところに、びんぼうなびんぼうな、八兵衛といううじいさんがいた。あんまりびんぼうで米がないものだから、ばあさんは菜っ葉をきざんで米にまぜて、菜っ葉ばかりのような菜めしをして食べさせていた。八兵衛は、毎日毎日菜めしを食べていたら、菜めしにあきあきしてしまった。そこで、なんとかしてばあさんに菜めしを作らせないようにしたいと思って、包丁を屋根うらにかくしてしまった。晩になって、ばあさんがごはんを作ろうと思っても、包丁がない。こまったことだと思ったが、いくらさがしてもどこへおいたかわからないので、とうとう夕はんはできなかった。八兵衛が、

「はらがすいたのにごはんができとらん」というと、ばあさんは、

「包丁がのうて、ようごはんをせずにおる。包丁がなけりゃ菜めしもでけんし、米はないし」といった。

「ほんならまあ、わしが考えてみちゃろう」と、八兵衛は、易者のようなふりをして、箸を持って、ガサガサガサガサとやった。そして、

「こりゃどっか、高いところの、屋根うらかどこか、木のあいだのようなとこへあるような。まあようさがいてみい」といった。

ばあさんがごそごそさがしてみたところが、包丁は勝手口の屋根うらにあった。ばあさんは、「あった、あった」とよろこんで、その晩はおそくに菜めしを作って、食べて寝た。

つぎの日、ばあさんは近所へ行って、

「うちの八兵衛さんは、あねえでもなかなか易がじょうずだ。わしが、包丁が見つからんで心配しょうったら、易ぅたってみんさったが、ええぐあいに、ぴしゃっと、ほんに見たように当たった」とじまんした。

「ふうん、そりゃえりゃあことをしんさるな」と、話は次い次い広がっていった。

あるとき、近所の大分限者（おおぶげんしゃ）の奥（おく）さんが、かんざしをなくしてしまって、いくらさがしても出てこなかった。奥さんは、ずうっとさがしていたが、八兵衛の話を聞いて、

「そんならひとつ、八兵衛をよんで、考えさせてみちゃろう。使いをやって八兵衛をよんでこい。たのんでこい」といった。使いの女は、心配そうな顔をして八兵衛のところへ行った。

「八兵衛さん、八兵衛さん、助けておくれ」

「どねえなことなら」

「奥さんが、かんざしがのうなって、『八兵衛さんへたのんで、どこにあるか易ぅたって占（うらな）うてもらえ』いいんさる。わしはしかたなしにたのみぃ来たけど、ありゃわしが、ほしゅうてほしゅうてたまらんかったけえ、とっとったんじゃ。じゃけど、あんたにいわれちゃどうにもわしの身が立たんけ、なんでも助けて

もらわにゃあいけん」

「ほんならどっか、たんすの向うかどっかへかくしとけ、落としとけ。そうすりゃ、わしがええぐあいにいうてやるけ」

八兵衛が大分限者の家へ行くと、ごちそうが出され、たいへんなもてなしをうけた。八兵衛は、箸を持ってゴソゴソゴソゴソ易をたてるようなふりをして考えこんで、

「こりゃどうも、のうなっちゃおらんはずだ。たんすの向うかどっか、ようさがいてみんさい」といった。

「ほんに、たんすの向うびらぁ、見なんだかも知れん」と、家の者がたんすをのけてみたら、ちょうど、たんすの向うがわにかんざしがあった。それでまた、「どうもこりゃ、八兵衛さんはとても易がじょうずだ。見たようなことをいいんさる」と、たいへんなひょうばんになった。

そのころ、殿(との)さまの目が悪くなって、どんないい医者にみてもらっても、

祈祷（きとう）してもらっても、どうしてもなおらない。もう目がつぶれるばかりになって、家来（けらい）もみな心配していた。そこへ、八兵衛がたいへん占いがじょうずだということを聞いて、殿さまが、

「ほんならひとつ、八兵衛をよんでこい」といった。家来がかごをもってむかえにいくと、八兵衛はよそから借（か）りてきたいい着物や羽織（はおり）を着て、かごに乗った。八兵衛は、

(行ってからどういおうかしらん)と思って、考え考え行っていたが、なにもいうことがわからないうちに、とうとう殿さまの門口（もんぐち）まで来てしまった。八兵衛は、

「まあ、ちょっと待ってくれ。小便（しょうべん）せにゃいけんけ、まあちょっと待ってくれ」

と、かごを待たして、小便をするふりをして考えておった。すると、ちょうど門口に橋があって、その橋の下で、むかしからわるさばかりする古ぎつねが話していた。

「なんと八兵衛がうめぇことをいやぁええが。いくら八兵衛だって、あねえなこたぁよう当てりゃあすめえ。殿さまが築山ぁ作るのに、池をうめて、松を植えられたんじゃが、その松の根が、池の主の鯉の目へ入っとる。ありょう取って、もとのようにしちゃらにゃ、とてもなおりゃせん。八兵衛がどねえなことをいうかしらん」

八兵衛は、（こりゃええことを聞いた）と思って、殿さまのところへ行くと、ごちそうが出され、たいへんなもてなしをうけた。それから八兵衛は、また易者のまねをして、いろいろ考えたようなふりをしていった。

「こりゃどうも、たいへんむつかしいことですが、この、いま築山のあるところに、池などありゃしませなんだか」

「ほうん、そういやぁ、池はたしかにあった」

「その池に、大けな鯉ども、おりゃしませなんだか」

「ふん、鯉もおった」

「その鯉の目に、松の根がはえこんどる。そりょう取って、ええぐあいにもとのようにしなさらにゃ、殿さまの目もなおりません」

「ほう、おまえ、えらいことをいうなぁ」

どうもこれは、池のあったこととか、鯉のおったこととかを、ようく知っているものだから、殿さまは、(こりゃほんとうかもしれん)と思って、松の木の根もとをほらせてみた。するとその根が、鯉の目に入っとる。その根をぬいてやると、殿さまの目はたちまちよくなった。

殿さまは、たいへんよろこんで、たくさんたくさんほうびをくれた。八兵衛は大分限者になって、殿さまのおかかえ易者に出世(しゅっせ)したそうな。

むかしこっぷり

易者…占(うらな)いを仕事にしている人。八卦見(はっけみ)、占い師ともいう

勝手口…ここでは、台所の出入り口

あねえでも…あんなに見えても

大分限者…お金持ちのこと

なんでも…どうしても

祈祷…災(わざわ)いをなくしたり、福が手に入るよう、神仏(しんぶつ)に声を出して祈ること

築山…庭などに、石や土を盛(も)ってつくった小山

# 椎茸の始まり

昔むかし、一水という小僧がおりました。一水は独楽を回すのがすきで、いつも独楽をふところに入れて、子どもが来れば回して見せていました。和尚さんに見つかればやかましくいわれるので、和尚さんが寝てから、月夜の晩には、かどへ出て、独楽をビュービュー回していました。

ある晩、天狗が二、三人来て、

「小僧さん、わしらと独楽ぁ回さんか。わしらぁ独楽ぁ回すところをこしらえとるんじゃ、行かんか」といいました。

「うん、行こう」

一水が天狗につれられて、寺の後ろの山へ行くと、相撲を取る土俵場のようなところがありました。

「ここでわしらぁ、毎晩独楽ぁ回すんじゃ。もし小僧さんが負けたなら、わしらの家来(けらい)になれよ」

「ふん、そりゃぁなるが、おまえらが負けたらどうすりゃぁ」

「わしらが負けたらのう、この山ぁ見い、木に茸(たけ)が生(は)えとろうが、この茸みなやるわい」

「ふん、そんならそうしょう」

　それから、一水が大きな独楽を出してビュービュー回すと、天狗は十人もその上もおって、独楽を回します。ところが、一水の独楽が当たれば、天狗の独楽はみなはねかえってこわれてしまいます。それで、もうだれも回す者がいなくなって、天狗は飛(と)んでにげてしまいました。

（とうとう負けやがったろうが）と思って、一水がまわりを見ると、大きな木が倒(たお)れており、それに茸がたくさん生えていました。

（天狗はこの茸で独楽ぁこしらえとりやがるけえ、みなめげてしまうんじゃ。

こりゃぁなんでもええにおいがするけえ、食われるかもしれんけえ持っていんでみちゃろう）と思って、茸をぜんぶ取ってかえりました。それから、知らん顔をして寝ました。

　朝起きると和尚さんが、

「一水や。ひょんなにおいの、うまげなにおいがするが、何ぅ持ってきとりゃぁ」

といいました。

「何も持ってきちゃぁおりません」

「へえでも変（か）わったにおいがするぞ。うそをいうな」

「茸を取ってきました」

「いつ、どこで取ってきたら」

「夕（ゆ）んべ、天狗がな、『独楽ぁ回しぃ来い』いうけえ行ったら、こがあな茸がぎょうさんあって、天狗が負けて飛んでにげたけえ、茸取ってきたんです」

「ふん、そりゃぁ食えるぞ。まあとなりのおじいさんにきいてみゅう」

そこで、一水と和尚さんはとなりのおじいさんに見てもらいました。となりのおじいさんが、

「こりゃぁ食える茸じゃ。ええ茸じゃ。せえじゃがのう名ぁ知らん」というと、

「名もねぇ茸を食ゃあ、あたるいうこっちゃがのう。こりゃぁ一水が取ってきたんじゃけえ、一水茸（いっしいたけ）という名にしょうじゃねえか」と、和尚さんはいいました。

「ほんならイッシイタケいう茸にしょう」

「ほんならシイタケを煮（に）て食おう」

ということで、お寺へ寄（よ）りあって、みんなでシイタケを煮て食べましたが、あたりませんでした。

それからシイタケ、椎茸（しいたけ）というようになったという昔話。


一水の取ってきた茸で、一水茸→水茸→椎茸となる

# 見るなの引き出し

むかし、あるところに、木を切るのがすきなおじいさんがおったそうな。あちこちからたのまれて、毎日毎日山へ木を切りだしに行っていた。

ある日、木を切るのがあまりにもおもしろく、むちゅうで切っていたら、日が暮れたのがわからなかった。

（こりゃあいけん。帰らんといけん。暗うなってしもうた）と思って、急いで山をおりていたら、こんな家があったかしらと思うようなりっぱな家があった。見ると、明かりがついていたので、ここへ泊めてもらおうと思った。

「こんばんは、こんばんは」と、戸をたたいたら、見たこともないようなきれいなむすめが出てきた。

「えらぁすみませんが、木を切りょうたら、日が暮れて、帰るにこまっとるんじゃ

が、泊めちゃあもらえませんかな」とたのんだら、

「どうぞ、どうぞ、お泊まりなさい」といって、むすめは、ごちそうして、りっぱなふとんに寝させてくれた。むすめが、

「おじいさんさえよけりゃあ、いつまでも泊まんなさい」といってくれたので、これはありがたいことだと思って、何日も何日も泊めてもらった。

ある日、むすめが、

「おじいさん、私は買い物に行ってくるけぇ、留守番しといておくれぇ。ここにたんすがあるが、一番上と二番目の引き出しは開けてもええけど、それから下は何があっても開けちゃあいけん」といった。おじいさんは、

「開けりゃあせん、せん。行ってきんさい」といった。

むすめが買い物にでかけると、おじいさんは、

「わしに、見ちゃあいけんというたが、何が入っとるんじゃろうか」といって、一番上の引き出しを開けてみた。するとそこには田んぼがあった。それから二

番目の引き出しを開けてみたら、苗代（なわしろ）があった。おかしなことがあると思って、下は見るなといわれたが、三番目の引き出しを開けてしまった。すると、田植えをしている田んぼがあった。この下の引き出しも見るなといわれたが、どうしてもちょっと見てやろうと思って、さいごの引き出しもそっと開けてみた。すると、実った稲（いね）がいっぱい入れてあった。

　これはおかしなことだと思ったが、知らないふりをしていると、むすめがもどってきた。むすめの顔色が悪いので、おじいさんが、

「どうしたんなら、気分でも悪いんか」とたずねると、

「気分が悪いことはないんじゃけど、おじいさんがわたしとの約束（やくそく）を守ってくれんかったから、それがつらいんじゃ。もうおじいさんといっしょにくらすことはできん」といった。

「まあ、そねんことをいわんと、いっしょにおってくれぇ」と、おじいさんがいっても、

「いいえ、いっしょにはおれません。おじいさん、まめでなあ」

むすめは雉になって、パタパタッととび去った。

おじいさんが、たいへんなことをしてしまったと思って、あたりを見回すと、そこは、山の中の草っ原だった。たんすも何もない。おじいさんはひとり、木のかぶに腰をかけていた。

「雉は人を化かすということじゃが、わしは化かされたんじゃのう。日が暮れるまで山におっちゃあいけん、ということを昔のもんがよういうとった。いくらすきでも、いつまでも木を切りょうたらいけん。雉にだまされて、わしゃあざまが悪いことじゃ」

おじいさんは家へ帰ったが、それからは、何日も何日も木を切りに行かないで、寝こんでしまったそうな。

昔こっぷり　どじょうの目

苗代…田植えの前に稲の種をまいて苗を育てるところ

# 坊主の化け物退治

昔むかし、あるところに古い荒れた寺がありました。そこにはお化けがいて、住職が何人入ってもお化けに食べられてしまいます。

ある日のこと、旅の坊主が村へやってきて、

「どこか宿はないだろうか」とたずねたところ、村の衆は、

「宿はどこにもないけど、あそこに古い荒れた寺がある。まあ、庄屋さんとこへ行ってたずねてみんさい」といいました。

そこで、旅の坊主が庄屋さんにたずねたところ、

「あそこの寺は空いとるけえ、入ってくれてもええけど、昔からお化けが出るいうてな。なんぼう住職ぅ入れてもつづかん。おまえがまあ泊まってみゅう思いんさりゃ、一日でも、一年でもおってくれてもええけど」といいました。旅

の坊主は、

「そりゃぁ心配ない。どがいな化け物が出るか知らんけど、泊めてもらおうかい」

といって、泊まりました。

夜なかになると、なま臭いような風が、本堂のほうからそよそよそよ、そよそよと吹いてきました。旅の坊主は、

(ここにゃぁ、お化けが出るいようったが、ほんに出るかも知れん)と思い、

「南無阿弥陀仏、南無弥陀仏」とおがみながら寝ていました。

しばらくすると、屋根裏のほうで、メキメキメキ、ベカベカベカという音がし、やがて、メカメカメカ、グラグラと家鳴りがしだしました。ドカーンと音がし、二階から大きな大きな青坊主が降りてきて、いろりの縁にすわりました。

そして、いろりの残り火をふうふう、ふうふう吹いて火をおこし、だんだん火が燃えだしたころに、戸口をトントン、トントンとたたく者がおりました。

「てえてえこぼしは、おってかな。私はとうやのばずでござる。風の便りに聞

きますれば、こなたにはよいお肴（さかな）がまいりましたそうで、包丁（ほうちょう）のそべらのひとかけらでも、いただきとうてまいりました」

「ほう、よう来られた。まあ入ってあたらっしゃれ」

そこで、とうやのばずという大きな坊主もいろりにあたりました。

しばらくして、戸口をトントン、トントンとたたく者がおりました。

「てえてえこぼしは、おってかな。私はなんちのじゅずでござる。風の便りに聞きますれば、こなたにはよいお肴がまいりましたそうで、包丁のそべらのひとかけらでも、いただきとうてまいりました」

「ほう、よう来られた。まあ入ってあたらっしゃれ」

またしばらくすると、

「私はさいちくりんのけいさんぞくでござる。風の便りに聞きますれば、こなたにはよいお肴がまいりましたそうで、包丁のそべらのひとかけらでも、いただきとうてまいりました」

　とうとう、四つの坊主が来ました。旅の坊主は、

（お化けが出るとは聞いたが、こりゃぁえらいことになったぞ）と思い、ふとんの中からじっとようすを見ていました。

　またしばらくすると、戸口をトントン、トントンとたたく者がおりました。

「てえてえこぼしはおってかな。私はほくさんのびゃっこでござる。風の便りに聞きますれば、こなたにはよいお肴がまいりましたそうで、包丁のそべらのひとかけらでも、いただきとうてまいりました」

「ほう、ようこられた。まあ入ってあたらっしゃれ」

　とうとう坊主が五つも来ました。てえてえこぼしは、

「まあだいぶんええ頃合（ころあ）いになりました。ぼつぼつ料理（りょうり）にかかろうじゃぁありませんか」といって、大きな俎板（まないた）と包丁を出してきました。旅の坊主は、

（いよいよわしが料理されるかな）と思いました。

　とうやのばずが、

「坊主、これへ出え。わしはとうやのばずだ。これより料理をしてやる」といって、組板をカンカーンとたたきました。そうしたところが、その旅の坊主はなかなかの賢い者で、

「とうやのばずとは、いかなる者が名をつけた。これより東のほうに広い広い野原がある。そこに転げておる馬のしゃれこうべが、わしょとって食うこたぁならん。後へ引け」といいました。

とうやのばずが、

「どうも私の手に合いません。どなたか料理していただけないじゃろうか」というと、なんちのじゅずが、

「よし、わしが料理をしてやる。坊主、これへ出え。わしはなんちのじゅずだ」といって、組板をカンカーンとたたきました。そうしたところが、また旅の坊主がいいました。

「なんちのじゅずとは、いかなる者が名をつけた。これより南のほうに大きな

池がある。その池の中にすんどる鯉の片目が、わしゅとって食うこたぁならん。後へ引け」

「どうも私の手にも合いません。さいちくりんのけいさんぞく殿にお願いいたす」

「よしよし、ほんならわしが料理をしてやる。坊主、これへ出え。わしはさいちくりんのけいさんぞくだ」といって、俎板をカンカーンとたたきました。

　また、旅の坊主が、

「さいちくりんのけいさんぞくとは、いかなる者が名をつけた。これより西のほうに大きな竹やぶがある。それにすんどる鶏の三本足のごときが、わしゅとって食うこたあならん。後へ引け」

「もうわしの手には合いません。ほくさんのびゃっこにお願いいたす」

　さいちくりんのけいさんぞくがそういうと、ほくさんのびゃっこという、白いひげのはえたとても大きな坊主が、

「わしが料理をしてやる。坊主これへ出え。わしはほくさんのびゃっこだ」といって、俎板をカンカーンとたたきました。

「ほくさんのびゃっことは、いかなる者が名をつけた。これより北のほうに大きな山がある。そこにすんどぃる白狐。おまえらごときぃとって食われるわしじゃぁない。後へ引け」

「いや、こりゃぁ私の手にも合いません。てえてえこぼしにお願いするよりほかにありません」

「ほんなら、わしがやろう。坊主、これへ出え。わしが料理してやる」と、てえてえこぼしは俎板をガンガーンと割れるほどたたきました。旅の坊主は、

「てえてえこぼしとは、いかなる者が名をつけた。このお寺を棟上げした折に使うた槌が、わしぅとって食うこたぁならん。後へ引け」といいました。そうしたところが、五つの坊主は、

「こりゃぁかないません。またにしましょう」といって、みな消えてしまいま

した。そこで、旅の坊主はゆっくり寝ました。

夜が明けるころ、外のほうでわいわいわい、わいわいわいと声がするので、(こりゃぁまた出たかいな)と思って、障子を開けてのぞいて見ると、村の衆が、鍬をかついだり鎌を持ったりして、集まっていました。

「いやあ、坊さん、坊さん。ゆうべ、化けが出りゃせんだったか」

「出た。みんな手をかしてくれい。化け物を退治するけえ。これより東のほうに広い野原がある。そこに転げておる馬のしゃれこうべをさがしだしてきてくれえ。そえから、これより南のほうに大きな池がある。その池の中にすんどる鯉の片目を捕ってきてくれえ」と、旅の坊主がいいました。

東のほうへ行った者は馬のしゃれこうべを、南のほうへ行った者は鯉の片目を捕ってきました。また旅の坊主は、

「西のほうに大きな竹やぶがある。それにすんどる鶏の三本足を捕ってきてくれえ。北のほうに大きな山がある。そこにすんどぃる白狐を捕ってきてくれえ」

といいました。

　しばらくすると、村の衆は鶏の三本足と白狐を捕えてきました。

「その物がみな坊主に化けて出てきたんだ。東から捕ってきた馬のしゃれこうべが東野の馬頭、南から捕ってきた鯉の片目が南池のじゅず、西から捕ってきた鶏の三本足が西竹林の鶏三足、北から捕ってきた白狐が北山の白狐だ。みなこれを料理してくれえ」と、旅の坊主がいいました。そこで村の衆が馬のしゃれこうべをたたき割ると、たくさんの血が出ました。そして、鯉や鶏や白狐を料理しました。

「あとひとつ、お寺の本堂の一番大きな棟に槌があるだけえ、それをおろしてたたき割ってみてくれんか」

　村の衆がさがしてみると、本堂の棟に古い古い槌がありました。なたで割ってみると、たくさん血が出ました。旅の坊主は、

「まあこれで、ここの寺も化け物がおらんようになった。今度ぁだれが入って

くれても心配ないけえ」といいました。そして、庄屋さんや村の衆に頼（たの）まれて
その寺の住職におさまったそうです。
　それ昔こっぽり　大山（だいせん）やまのとびのくそ。ひんろろう　ひんろろう

お肴…ここでは、酒を飲むときの食べ物
そべら…切りくず
しゃれこうべ…風雨にさらされて肉が落ち、むきだしになった頭蓋骨（ずがいこつ）
槌…木槌や金槌など物をたたく工具。ここでは木槌
今度ぁ…これからは、今後は

# ねこの恩返し

なんとむかしがあったそうな。あるところに、大きなお寺があった。そのお寺の和尚さんは、ねことふたりでくらしていた。和尚さんはたいへんねこがすきで、ねこをかわいがっていた。

さて、和尚さんは、毎晩ふろから出ると、手ぬぐいを屏風にかけていた。ところがあるとき、和尚さんは、手ぬぐいをかけたところがかわっていることに気がついた。

(こりゃあおかしいなあ、どうして手ぬぐいのかけどころがちがうんじゃろうか。今晩は、なんでもつきとめてみにゃあいけん)と思って、その晩、和尚さんは、寝たふりをして細目をしていた。そこへねこが、いつものようにニャーンといって、和尚さんの首のところに顔をつけてきた。ところが、和尚さんが、

「おうおう、よしよし、入れ(へえ)え入れ(へえ)え」といっても、ねこはふとんの中へ入ってこない。しばらくすると、またニャオーンといって、ねこが来た。そこで、和尚さんは、

（いつもなら入ってくると思うんじゃがどうするかだまって見てやろう）と、こんどはぐうぐうと寝たふりをしていた。すると、ねこはひょっと二本足で立ちあがり、屏風の手ぬぐいを取って首にかけた。それから、また四つ足になると、ちょこちょこちょこちょこちょこはって、お寺から出ていった。

　和尚さんが、

（や、こりゃあおかしい。なんでも、ねこの行くところへ行ってみにゃあいけん）と思って、戸をそろっと開けてみると、ねこは山道へむけて、こそこそこそこそ上がっていった。和尚さんが、ねこに見つからないようにそおっと後をついて行くと、ねこはずうっと奥(おく)の岩山のほうへ登っていった。ねこが岩山のてっぺんまで来ると、

「まあまあ、およねさん、えらあおそかったなあ。今晩はどうしたん」と、声がした。するとねこは、

「いや、ほかじゃあないんじゃがなあ、和尚さんをのぞいてみりゃあ目がさめとる。またのぞいてみりゃあ、なにやら細目ょうしょおったようなけど、まあおおかた寝とってんじゃろうと思うて、手ぬぐいを取らにゃあ出られんもんじゃけん、ようよう手ぬぐいを取って出てきたんじゃ」といった。

「ほんなら、まあおどろうおどろう。およねさん、早うほおかぶりゅうせにゃあ」

「ふん、そうじゃなあ」と、ねこはほおかぶりをした。

　和尚さんが見ていると、なんと、たくさんのねこが立ちあがっておどりだした。

（こりゃあえらいこっちゃ、ねこがおどりだした。えらいもんを見てしもうた。なんでもねこに見られんように去なにゃあいけんが。じゃけえど、もちいと見て去んじゃろうかなあ）と、和尚さんはねこのおどりを見ていた。むちゅうになって見ていると、

「みんな早う、およねさんも、おどりゅうやめて去なにゃあ、夜が明けるけえ。夜が明けちゃあいけんけえ、やみょうやあ」と、だれかがいった。和尚さんが、

（ありゃあ、もうやめるんか。早う去んで知らん顔をしとらにゃあいけんが）と思って、お寺へもどって知らん顔をして寝ていたら、ねこは、こてこてこてこてもどってきた。それから、手ぬぐいをぱっと屏風にかけて、和尚さんのところへ、ニャーといって来た。和尚さんが、

「おうおう、よしよし、入（へ）れえ入（へ）れえ」というと、ねこはいつものようにふとんの中へ入って寝た。和尚さんは、

（明るうなってきたけえ、ごはんをたいてねこにも食わせてやらにゃあ。腹（はら）あへらしとるじゃろう）と思って、ごはんをたいた。そして、

「およねさん、およねさん。ごはんを食べましょうで。早う来んさい、およねさん」と、ねこに声をかけた。すると、ねこは、ふとんから出て、ぎゅうぎゅうと体をのばしていたが、ごはんもなんにも食べないで、するっといなくなった。

ねこは、二日たっても三日たってももどってこない。和尚さんは、

（悪いことをいうたなあ、およねさん、およねさんいわにゃあえかった）と思ったけれど、もうしかたがない。それから三日も四日も一週間もたってから、夜、ねこが大きなねこになってお寺にもどってきた。そして、

「和尚さん、和尚さん、わしは年ゅうとって、もう、和尚さんのそばにおられんようになった。わしはこれまでえは、和尚さんにすがたあ見られんようにして、かくれてばっかりしょうたけど、こなあだあ、和尚さんにすがたあ見られたらしいけえ、みな語っとくんじゃけえど、今までかわいがってもろうた恩（おん）はわすれませんけえ」といって、

「せえで、この恩返しにゃあ、広島（ひろしま）の代官（だいかん）さんのむすめさんが、いま病気をしとるんじゃけど、そのむすめさんが、何月何日にゃあ死ぬるけえ。そのときにゃあ、わしが火車（かしゃ）になって大雨をふらして大暗やみにして、むすめさんの死がいをとるけえ。せえで、どんな和尚さんが来ておがんでも、ほかの和尚さんじゃあ、

わしは死がいを返さん。そしたら、ここにたのみい来るようになるけえ、和尚さんが行って、「カモンモンカモンモンモン」とおがんでくれてなら、わしが大暗やみになったのも明るうして、むすめさんの死がいも返しますけえ。そうしたら、代官さんや奥さんがよろこんで、お金を盆（ぼん）へ三ばいお礼をするけえ。それが今までかわいがってもろうたお礼じゃけえ」といって、ぼわあっと消えてしまった。

　和尚さんは、

（ああ、かわいいことをした。わしが、およねさん、およねさんといいさえせなんだら、まだまだうちにおってくれたろうに。わしが言（ゆ）うたばっかりに、消えにゃあならんことになったが。まあそりゃあそれとしてしかたがなあけえ、その日が来るまで、ほんとかうそか待ってみよう）と思いながら、待っていた。

ところが、ほんとうに広島の代官さんから使いが来て、

「なんでも、和尚さん来てつかあさい。火車に死んだ者をとられて、和尚さん

がおがんでつかあさらにゃあ、どうもなりません。ほかの和尚さんにはみんなたのんでおがんでもろうたんじゃけえども、どうしても火車が死んだ者を返してくれません」といった。和尚さんは、

「そうか、そうか。それなら行ってあげましょう」といって、馬に乗ってでかけていった。そして和尚さんが、「カモンモンカモンモンモン」とおがんでいるうちに、わあっと雨もやんで、天気になったそうな。そして、死がいもちゃんと棺へもどっていた。

代官さんも奥さんもよろこんで、ほんとうに、盆へお金を三ばい、山のように盛ってくれた。ねこでも恩返しをするということじゃ。

むかしこっぷりどじょうの目

なんでも…どうしても

火車…ここでは、死体を食べにくるという妖怪

かわいいことをした…かわいそうなことをした

# ずるがしこいうさぎのはなし

昔むかし、ある年の暮れに、ひとりのおっつぁんが正月買い物をして、ござと豆と塩を持って山の道を帰りょうた。それを、さるとかわうそとうさぎが三びきつれのうて見とった。

さるが、

「なんと、あっけぇ、おっつぁんがええもん買うて帰りょうるけぇ、ひとつとっちゃろうじゃねぇか」というた。かわうそが、

「そりゃあええ、どねんしてとっちゃろうか」いうたら、うさぎが、

「うん、そりゃあええ考えがある。わしが、おっつぁんの前へ行って、わざと足がいてぇふりをして歩いちゃる。そうすりゃあ、おっつぁんがわしをつかまえよう思うて、荷物をへりぃおいて追うてくるけぇ、そのあいだにおめえらが

荷物を持って逃げりゃあええ」というた。さるとかわうそも、

「うん、そりゃあええ」というた。

　せえから、うさぎがおっつあんの前へ行って、わざと足をひこずって、ヒョコタンヒョコタン歩きょうたら、おっつぁんが、

「ありゃ、足の悪いうさぎがおる。ひとつつかまえちゃろう」いうて、荷物を道のへりぃおいて、うさぎをタッタタッターと追うていった。うさぎはピョコタンピョコタンかける。おっつあんはタッタタッターと追うてくる。またうさぎがピョコタンピョコタンかける。「おどれえ」というて、また追うてくる。おっつあんが追やぁ追うほど、うさぎはそりゃそりゃへとかけて行く。うさぎは、もうせわぁねえと思うて、こそこそっと山ん中ぇ入った。

「ありゃっ、山ん中ぇ入ってしもうたぞ。どけぇ行きゃあがったかなぁ」いうて、おっつあんも山ん中ぇ入ってこそこそさがしょうた。その間に、さるとかわうそが、おっつあんの荷物をかてぇで逃げてしもうた。おっつあんはうさぎが見

つからんので、あと帰りをしてみたら、荷物がねえ。

「こりゃあ、しもうたなあ。わしが欲ぅして、うさぎをつかまえちゃろう思うたら、わしの荷物ぅとられてしもうた。どねぇしようもねぇ」いうて、おっつあんは帰ってしもうた。そうしょうたら、うさぎがもどってきて、

「ええ調子にいったなあ」というて、さるとかわうそといっしょによろこんだ。

せえから、三びきで、

「これをどねんして分けりゃあ」と考えた。うさぎが、

「そりゃあ、ええ考えがある。さるどん、あんたぁ木登りがじょうずなけぇ、木ぃ上がって、ござしいて昼寝をすりゃあ、尻がいとうねえで。かわうそどんは、川へ入って、魚をつかまえて食うんじゃけぇ、塩をつけて食やぁうめえで。わしは豆が好きじゃけぇ、豆をもらうで」というた。

さるは、高ぇ木ぃ登って、木のまたへござをしいて、昼寝をしょうた。そうしょうたら、つるつるーっとござからすべって、下へすてーんと落ちて、しり

の皮がむけてまっかになってしもうた。さるは、

「やれやれ、なんたらことをしたけえなぁ」といいながら、かわうそのとこへ行った。そして、

「おい、かわうそどん、おめえはええことしたのう」いうたら、かわうそは、

「なんちゅうことをいいんさりゃぁ。わしは、魚ぁとって、塩つけて食おう思うた。塩をかごへ入れて、頭へのして、川ん中へ入ったら、塩がとけてしもうて、なんにもなりゃあせなんだ」というた。

「そうか、そりゃあ、おえなんだなあ。そんなら、うさぎが一番ええことをしたんじゃねえか」いうて、さるとかわうそは、うさぎのとこへ行った。

「なんと、うさぎどん、おめえはええことをしたなあ」

「わしらぁ、こねえこねえなって、おめえが一番ええことをしたんじゃねえか」いうたら、うさぎは、豆の実だけ食うてしもうて、豆の皮ぁわざと体へいっぺえひっつけて、

「何ぅいいなさりゃあ。わしゃあなあ、豆を食うたら、豆がさが出て、ように弱ってしもうたんじゃ」というた。

「そうか、おめえもそうじゃったんか。悪いこたぁせられんなあ」

「けえから悪いこたぁはせまあで」いうてからいうたんじゃそうな。

へりぃ…ここでは、道のはしっこに、の意味
おどれぇ…おまえ。相手を威嚇（いかく）する言葉
そりゃそりゃへと…空へ空へと
せわぁねえ…だいじょうぶだ
かてぇで…かついで
おえなんだなあ…たいへんな目にあったなあ
豆がさ…豆をとったあとのさや

ように…とても

けえから…これからは

せまぁで…するのはやめよう

# くも女房（にょうぼう）

むかし、あるところに、たいへんよくばりな男がひとりでくらしていました。近所の人が嫁（よめ）をもらうようにすすめても、もらおうとはしませんでした。

ある日、わかい女（おなご）が男の家にやってきて、

「わたしゅう嫁にしてくれえ」といいました。男は、

「わしゃあ、食わせるもんがおしいけえ、嫁をもらわんのんだ」といいました。

すると女は、

「わたしゃあ、ちょっとも食わしてもらわんでもええ、めしゅう食わんでもええ」

といいました。男は、

「そうか、めしゅう食わずに、おるような嫁ならおいちゃろう」といいました。

そこで、女はいっしょにくらしはじめました。女は、ほんとうになん日たって

も、めしを食べませんでした。男は、

（この女は、ふしぎなもんだ。これほどめしゅう食わずに生きとるわけがねえ。どがいして、生きとるか見たろう）と思って、家を出ていくふりをして、あまだに上がってかくれて見ていました。すると、女は大きな五升なべにめしをたきはじめました。男は、

（五升なべへめしをたいてどがいするだろうか）と思って、見ていました。女は、五升なべいっぱいにめしをたきあげました。そして、手に塩をつけて、にぎりめしをつくり、ほういとほうりあげては口をあけてかぷっと食べ、ほういとほうりあげてはかぷっと食べ、五升めしをみんな食べてしまいました。それを見て男は、

（こいつあかなわん、きょうぎりで出ていってもらわにゃあいけん）と思いました。

男は、こっそりあまだからおりると、知らん顔をして、

「わしゃあ、きょうぎりでおまえにひまあ出すけえ、去(い)んでくれ」といいました。

すると、女は、

「そりゃあ、まあ、ひまが出りゃあ、どがいしようもない。そのかわりぃ、わたしが入れるぐらいなおけをひとつこしらえておくれえな」といいました。男は、おけをひとつこしらえてやりました。おけができあがると、女は男に、

「ふふん、ええおけができた。そんならまあ入ってみてくれえ」といいました。

男は、おけの中に入り、

「これに入ってすわりゃあちょうどええぐわいだ」といって、すわりました。

すると、女は、

「ほんにこりゃええぐわいだのう」といって、そのおけをひょいと頭の上にかついで、どんどんどんどん山のほうへ走りだしました。男は、

「おろしてくれえ、おろしてくれえ」と、なんどもいいましたが、女はおろしてくれません。

男が、

（どうにかして、このおけから出にゃあいけん）と思っていたら、ちょうど目の前に木の枝（えだ）がぶらさがっていたので、その枝につかまっておけからぬけだしました。女は、男がぬけだしたことに気づかず、おけをかついでどんどんどんどん山の奥（おく）へ奥へと行きました。男は、

（女がどこまで行くんか見にゃあいけん）と思い、こっそり後をつけて行きました。女は、奥へ奥へ行くと、おけをおろして、

「やれやれ、もどったぞ。童（わっし）出てこい、ええごっつぉう取ってきちゃったけえ」

といいました。すると、くもの子が、たくさん出てきて、おけのふちにはい上がりました。くもの子が、おけをのぞいて、

「何も中にゃあおりゃせんぜ」というと、女は、

「おらんはずはないが。どこで逃（に）げただろうか。まあええ。今夜あの家に行って、ずざいからつたっておりて、男を取ってきてやるけえ、待っとれ」といいました。

男は、それを聞いて、家に帰りました。それから、近所の人に、

「うちにおった女がくもじゃったんじゃ、今夜わしゅう取りにくるけえ、みんな助けにきてくれえ」といいました。それを聞いた近所の人は、

「うんそりゃあ行ったげる。いろりに大なべをかけて、湯うわかして、ぐらぐら煮(に)やいとこう。そけえ、くもがおりてきたら、わしらが大ぜいで湯の中へたたきこんじゃろう」といいました。

それから、いろりの大なべに湯をわかして待っていると、小さなくもがいっぴき、ずざいからちょろちょろちょろちょろおりてきました。そこで、みんながかりでなべにたたきこみ、ふたをしました。煮えてからふたを開けてみると、大なべいっぱいになって大ぐもが死んでいました。

むかしこっぽり　とびのくそ

あまだ…屋根裏の物置

五升なべ…九リットルほど入る大なべ。升は体積の単位で、一升がおよそ一、八リットル

童…子ども

ごっつぉう…ごちそう

ずざい…自在鉤。なべをかけるために、囲炉裏につるしてある釣り針のようなもの

# さる婿(むこ)入り

むかし、あるところに、おじいさんとかわいいむすめが住んでいました。

おじいさんは、広い広い畑をもっていて、豆をまいたり、いもをうえたりしていましたが、草を取るのがいそがしくてこまっていました。

ある日、おじいさんは畑に行って、草を取りながら、ひとりごとをいいました。

「こりゃあまあ、大草(おおぐさ)になっとる。このままにしといたら、豆もいももできりゃあせん。こまったもんじゃ。だれか、この草ぁ取ってくれるもんがありゃあ、うちのかわいいむすめを嫁(よめ)ぇでもやるのになあ」

ところが、あくる日、おじいさんが畑に行ってみると、草がみんなきれいに取ってありました。おじいさんが、

(こりゃまあ、だれか草をとってくれたんかなあ。これで、豆もいももええあ

んばいにできらあ、ありがたいことじゃ）と思って、見ていたら、そこへさるがひょっこりやってきました。さるは、

「おじいさん、きのう『この畑の草ぁ取ってくれるもんがありゃあ、うちのかわいいむすめを嫁ぇでもやるのになあ』いうとりんさったのを、わし聞いたでえ。ゆうべ、わしがみな草を取ってやったが、そのかわり、おじいさんのかわいいむすめを、わしの嫁ぇくれるか」といいました。おじいさんは、自分のいったことなのでいやとはいえませんでした。

「わしゃあ、ああいうたけど、むすめがどういうやらわからん。去んで、むすめぇきいてみるけえ」といいました。さるは、

「そんなら、早うきいてみてくれえ。わし、ついて行くけえ」といって、おじいさんについてきました。

おじいさんは、家につくと、

「さるさんや、むすめにきいてくるけえ、ここで待っといてくれえ」といって、

家の中に入り、むすめにいいました。

「なんとむすめや。畑に大草が生えてこまるけえ、わしゃきのう草ぁ取り取り、『この草ぁ取ってくれるもんがありゃあ、むすめを嫁ぇでもやるのになあ』いようたら、さるが聞きつけて、ゆうべのあいだにきれいに草を取ってくれてしもうとる。そのかわりに、おまえを嫁ぇくれえいうたんじゃ。わしゃあ、つい、ひとりごとのようにいうたけど、おまえに相談したでもなし。どうすりゃあ。おまえ、嫁に行ってくれるかやあ」

むすめはそれを聞くと、

「おじいさん、そういうたんなら、約束ぅ守らにゃあいけん。心配するこたあねえ。わたしゃあ、さるのところへ嫁ぇ行ってもええけえ」といいました。

「そうか、そうしてくれりゃあ、わしの顔も立つ。ほんなら、さるのとこへ嫁ぇ行ってくれるか」

それから、おじいさんはさるのところへ行って、

「むすめが嫁に行ってもええいうけえ、あした連れぇきてくれぇ。嫁ごしらえもあるけえなあ」といいました。

あくる日、さるが家にやってきて、おじいさんに、

「きょうはむすめさんをもらいに来たけんのう」といいました。するとむすめはおじいさんに、

「長いあいだお世話になったけど、わたしゃあきょうかぎりでさるのとこへ嫁に行くけん。嫁ごしらえにたんすぅ買うてもろうたり、着物買うてもろうたりせんけえ、そのかわり、あすこの大きな水がめを形見におくれえな」とたのみました。

「そりゃあやるやる、嫁ごしらえせんけえ、あの水がめぐれえ、やるわいや」

それでむすめはさるに、

「わたしゃあおまえのとこへ嫁に行くだが、わたしのいちばんだいじなこの水がめだけ、形見にもろうた。大きいけえ、わたしゃあこれをさげていくわけに

はいかん。おまえこれを背負うて去んでくれえ」といいました。さるが、

「そりゃあ、けっこうなこった。その水がめは、わしが背負うて去ぬらあ」といったので、むすめは、強い強い綱を出してきて、さるの背中にその大きな水がめをがんがらがんがらまきつけました。それから、むすめは、

「おじいさん、ほんならこれでさるのところへ嫁に行きますけえなあ。まめなようにしんさいよう」といって、さるについて山のほうへ歩いていきました。

　しばらく行くと、大きな川があって、その川の上に橋がかかっていました。橋のまんなかまで来ると、むすめは、

「さるさん、この下にゃあ、なんと大きな魚が泳ぎょうらあ。まあ、ちいと見ていこうやあ」といいました。さるは、

「うん、そりゃあよかろう。ほんに大きな魚がおるのう」といって、魚を見ていました。そのとき、むすめは髪にさしているかんざしをそろっとぬいて、パチャンと川へ落としました。

「ありゃりゃ、しもうたなあ。さるさん、かんざし落といた。ありゃあわたしのいちばんだいじなかんざしなんじゃ。早う取ってえな」と、むすめがいったので、さるは、「よっし、よっし」といいながら、水がめを背負ったまま、川の中へドブーンと飛びこみました。

　ところが、背負っている水がめの中に、水がドブドブ、ドブドブ入ったものだから、さるはどんどんどんどんしずんでしまうし、りくに上がっていくこともできません。むすめは、橋の上で、

「やあ、うまいことやっちゃった」と、手をたたいてよろこびました。

　ところがさるは、むすめがよろこんでいるのが泣いているように見えて、

「わしが死ぬるのはかまわんけど、泣くむすめがかわいそうだわい」といって、流されていきました。

　むかしこっぽり

大草…草ぼうぼうになっていること
去んで…帰ってから
いようたら…いっていると
連れぇきてくれぇ…むかえにきてくれ
まめなようにしんさいよう…からだに気をつけてください

# へび女房

むかし、ある村に、まずしい親子が住んでいた。父親は年をとっていて働くことができなかったので、息子が山へ行って木を切り、炭に焼き、それを町で米やみそにかえてくらしていた。

ある日、息子が町から米やみそをかついで帰ってくると、道ばたに小さなへびがいて、びくびくふるえていた。よく見ると、なめくじがへびのまわりにいくえにもギラでわをえがいていて、へびを逃げられなくしている。息子はへびがかわいそうになって、

「なめくじに殺されるじょ。はよう逃げ」といって、木のえだでへびをぽいっとはねて、むこうの草はらに逃がしてやった。

それから何年かたって、父親が病気になった。息子はつききりで世話をしな

ければならず、家には米もみそもなくなってしまった。

　ある日の夕方、美しいむすめがやってきて、

「道にまよって困っとりますで、今夜ひと晩泊めておくれえな」とたのんだ。

息子は、

「食いもんはないし、病人がおってきのどくじゃけど、泊めるぐらえはやすいこっちゃ」といって、中に入れてやった。むすめは父親のそばへ行き、

「どこがえらえじゃ。ちいとさすってあげよう」といって、やさしく介抱してくれた。つかれていた息子は、（ありがたいこっちゃ）と思って、

「ねえさんや、すまんがちいとま、たのむわ」といって、ごろりと横になった。

息子は何日もねていなかったので、ぐっすりねむってしまい、目をさますともうすっかり夜は明けていた。見ると朝ごはんの用意がしてある。

「なんじゃ。米のめしじゃが。米はどこへあったんかいのう」と、息子がおどろいてきくと、むすめは、

「それは、どうでもええがな。まあ食うておくれ。力がでますぞえ」といった。

二日たっても三日たっても、むすめは出ていこうとはせず、父親の世話をし、家の用事をしながら、山仕事を手伝ってくれた。やがて、むすめは息子の嫁になり、なかよくくらしていた。


そのうち、女はおなかが大きくなって、やがて赤んぼうを産む日がきた。女は、

「今夜はややこを産みますで、わしが出てくるまでは、どんなことがあっても、へやをのぞかんようにしてください」と、男にたのんだ。そういわれると、男は見たくて見たくてがまんができなくなり、とうとう女のへやをのぞいてしまった。すると、そこには大きなへびがとぐろをまいて、ウーン、ウーンとうめいているではないか。男はおどろいたが、なにくわぬ顔をしてもとのようにすわっていた。

やがて、女は赤んぼうをだいて出てきて、

「おまえは、見てはならんものを見なさった。わしはもうこの家にはおられへ

んで、山の池に去にます。この子が腹あへらして泣いたら、これをねぶらせておくれ」といって、かたほうの眼の玉を取って男にわたし、すうっと風のように出ていった。

　男はなげきかなしんだが、しかたなく赤んぼうをひとりで育てていた。赤んぼうが腹をすかせてなくと、女がおいていった眼の玉をなめさせた。すると、赤んぼうはすぐに泣きやんで、すやすやとねむるのだった。

　ところがある日、男が赤んぼうの口からとりだした眼の玉をうっかり落としたとたん、空からとびがさっとおりてきて、眼の玉をくわえていってしまった。赤んぼうが腹をすかせて泣いても、どうすることもできない。困りはてた男は赤んぼうをだいて、山の中の池のほとりに行った。そして、

「おおい、赤んぼうが泣くで、いっぺん出てきてやってくれいや」とさけんだ。すると、たちまち池の中に大きなうずがまき、その中から女が出てきた。男がわけを話して、

「なんとかええこと教えてくれまいか」とたのむと、女は困って、

「この目をやれば、何にも見えんようになってしまうし。けどどうもほかにええほうはなし」といった。そのとき、赤んぼうが火のついたように泣きだした。

すると女は、

「おまえが泣くと、おかあは死ぬほどつらいで、この目もおまえにやる」といって、もうかたほうの眼の玉を取って赤んぼうになめさせると、赤んぼうはたちまち泣きやんだ。女は、

「わしはもう何にも見えん。昼も夜もわからんようになったで、何ぞ合図して知らせておくれ」とたのむと、水の中にすがたを消した。

男は、赤んぼうをだいて村に帰ると、お寺に鐘(かね)つき堂(どう)を建(た)てた。それから村では、朝、昼、晩と鐘をついて、刻(とき)を知らせるようになった。

赤んぼうは、眼の玉のおかげですくすくと育ったということだ。

ギラ…ナメクジの出す粘液のこと
えらえじゃ…痛むのですか
ちいとま…しばらくのあいだ
去にます…帰ります

# トロルを妻にすると…

♣ノルウェー♣

昔むかし、ノルウェーのある村に、金持ちの百姓夫婦が住んでいた。夫婦には息子がひとりあった。この息子は、竜騎兵とよばれる兵隊で、体の大きな、だれからも愛される若者だった。夫婦は、山に放牧場を持っていて、そこに、えんとつや屋根や窓までついたりっぱな小屋をたてていた。夫婦は、夏のあいだはこの山の家に住んでいたが、秋になると、山をおりて村の家に帰った。すると、山の住人たちが家畜をつれてそのあたりにやってきた。そのことに、森で働くものたちはみんな気がついていた。

この山の住人は、トロルとよばれていた。そのトロルのなかに、ひとりのむすめがいたが、そのむすめはくらべるもののないほどに美しかった。兵隊は、そのトロルたちの話を何度も聞いていた。

ある秋のこと、兵隊は軍服を着て、軍馬にくらをつけ、ピストルをくらぶくろに入れて、馬に乗って山へ登っていった。夕方になって、兵隊が放牧場の近くまで来ると、小屋の中では火がどんどん燃えていて、道をすっかり照らしだしていた。それで、小屋の中にはトロルたちがいることがよくわかった。

兵隊は、小屋から少しはなれたもみの木に馬をつなぎ、くらぶくろからピストルをとり出すと、小屋にしのびより、窓からのぞきこんだ。中には、年とったトロルの男と女がすわっていた。男のほうはひどく年をとっていて、腰はすっかりまがり、しわくちゃで、これまでに見たこともないほどみにくかった。女も、男ほどではないものの、やはりみにくかった。しかし、そこにはむすめもひとりいて、これはすばらしく美しかった。兵隊はたちまちこのむすめがすきになってしまい、このむすめなしでは生きていられないと思ったほどだった。トロルの老夫婦には、め牛のしっぽがついていて、美しいむすめにもやはりしっぽがついていた。そのうち、むすめはみにくい老人の体をあらいはじめ、年とった女はかまどに大きななべをかけ、たきぎをどんどんくべていた。

兵隊はドンと戸をおし開き、むすめの頭ごしにピストルをうった。むすめはおどろいて、ゆかによろめきたおれた。そのとたん、むすめはこれまで美しかったのと同じくらいみにくくなり、ピストルのケースと同じくらい長い鼻になった。老人は、

「さあ、むすめをやろう。このむすめはおまえのものだ」といった。しかし、兵隊は体がかたまってしまって、進むこともしりぞくこともできなかった。すると老人は、むすめの体をあらいはじめた。むすめは、いくらか見られるようになった。鼻はピストルのケースの半分くらいの長さになり、みにくいめ牛のしっぽはたくしあげられて、少し短く見えた。しかし、けっして美しくはなかった。

「さあ、むすめはおまえのものだ、いさましい兵隊よ。このむすめを馬にいっしょに乗せて村に行き、結婚式(けっこんしき)をあげるがいい。そしてわしたちのために、おまえ

の家のはなれのパン焼(や)き小屋に、食事の用意をしてくれ。ほかの客たちといっしょになりたくはないからな。しかし、客たちがお祝(いわ)いの金を入れる皿をまわしはじめたら、パン焼き小屋に来るがいい」と、老人はいった。

兵隊はトロルにさからう勇気(ゆうき)はなく、むすめを馬にいっしょに乗せていき、結婚式のしたくをした。ふたりが教会に行く前に、花嫁(よめ)はつきそいのむすめにたのんだ。

「牧師(ぼくし)さまがふたりの手をつながせるときに、わたしのうしろにいて、しっぽがたれ下がっているのが見えないようにしてちょうだい」

花嫁のいうとおりにして、結婚式があげられた。

そのあと、祝いの宴(うたげ)が花むこの家でひらかれた。そして皿がまわされたとき、花むこは、トロルの親たちのために食事の用意がしてある、はなれのパン焼き小屋に入っていった。そこには、だれのすがたもなかった。しかし、結婚式の客が帰ってしまったあと、もういちどパン焼き小屋に行ってみると、そこには、花むこがこれまでに見たこともないほどたくさんの金銀やお金の山があった。

さて、長いあいだおだやかなくらしがつづいた。たまに客が来ると、トロルの親たちもたずねてきた。妻は、自分の親たちのために、はなれのパン焼き小屋に食事を持っていった。そのたびに、たくさんのお金がそこにおいてあったので、まもなく何に使ったらいいのかわからなくなるほどだった。しかし、妻のみにくさは、いつまでたってもかわらなかった。それで、夫は心のそこから妻をきらっていた。だからときどきおこって、妻をなぐりつけることもあった。

ある朝早く、夫は町へ行こうとした。もう秋になっていて、道に氷がはっていたので、まず、馬にてい鉄をつけなければならなかった。夫は、鍛冶のうでにも自信があったので、仕事場に行って、自分でてい鉄をつけようとした。しかし、いろいろやってみたが、てい鉄は大きすぎるか小さすぎるかで、馬のひづめにはまったく合いそうもなかった。ほかの馬は家にいなかったので、夫は昼すぎまで、骨を折ってはたらいていた。そこへ妻がやってきた。

「いったい、てい鉄つけをいつまでやっているつもりなの。あなたは、そうでなくてもあまりいい夫ではないけれど、鍛冶のうで前はもっとだめね。こうなっては、わたしがてい鉄をつけるよりしかたがないわ。こっちのてい鉄は大きすぎるから小さくしなければならないのに。そっちのてい鉄は小さすぎるから大きくしなければならないのに」

そういうと、妻はてい鉄を両手で持って、まっすぐにひきのばした。

「ほら、ごらんなさいな。こんなぐあいにするのよ」と、妻はいった。それからこんどは、てい鉄をなまりのように曲げた。

「さあ、馬の足をもって」と、妻はいった。妻のつくったてい鉄は、どんな鍛冶屋もこれよりうまくはやれないほど、馬のひづめにぴったりあった。

「ほんとに、おまえの指にはすごい力があるんだなあ」と、夫はいって、妻の顔を見つめた。

「そう思う」と、妻はいった。

「もしあなたにこんな力があったら、あなたになぐられるわたしはどうなってしまったと思うの。でもわたしはあなたがとてもすきだから、あなたに向かってはこの力を使わないのよ」と、妻のトロルはにっこりわらっていった。
そしてこの日から、夫は、このうえなしの夫となった。

竜騎兵…十六〜十七世紀以降のヨーロッパで活躍した、銃を持った騎馬兵のこと

# おはなしの原話と再話者（グループ）

## さがみ昔むかし

再話　さがみ昔ばなし大学再話コース

**油を買いにきた小坊主**／原話『海老名むかしばなし第4集―狐のはなし―えびな伝承文化叢書』所収「尻尾で油を盗んだ狐」海老名市広報広聴課編発行　一九八九年／再話　榎本智恵子・大石元子・大島貴美子・大平三恵子・塩脇香苗・清水妙子・野尻喜代子・芦原佐和子（きつねのしっぽ）

**彦六ダブ**／原話『えびなむかしばなし第1集』所収「彦六ダブ」海老名市秘書広報課編発行　一九八六年／再話　榎本智恵子・大石元子・大島貴美子・大平三恵子・塩脇香苗・清水妙子・野尻喜代子・芦原佐和子（きつねのしっぽ）

**道祖神と八日僧**／原話『えびなむかしばなし第3集』所収「道祖神と疱瘡神」海老名市企画部広報公聴課　一九九一年／再話　大嶋明子・金澤郁代・栗山香代子・向坂恵子・高瀬真澄・橋本みどり・前川容子・宮崎みゆき（八日天女）

**似せ本尊**／原話『武相昔話集　全国昔話資料集成35』所収「似せ本尊」小島瓔禮編　岩崎美術社発行　一九八一年／再話　今井みな江・浦野玲子・久保和枝・宍戸佳子・兵藤和子・藤原文子・宮

下弓子・矢部裕子（ここほれわんわん）

**大みそかの貧乏神**／原話『昔話と家族 昔話―研究と資料―第十号』〈資料編〉新井ヤエ媼の昔話所収「貧乏神」穴沢紘子・今越祐子・増田昭子執筆 昔話研究懇話会編（編集委員：稲田浩二・大島建彦・川端豊彦・福田晃）三弥井書店発行 一九八一年／再話 芦田恵子・川嵜明子・倉田恵伊子・小林麻紀・高島理恵・福田淑子・宮川美智子・若林佳代子（わらいかわせみ）

**炭焼藤二郎**／原話『甲州昔話集 全国昔話資料集成16』所収「炭焼長者」土橋里木編 岩崎美術社 一九七五年／再話 井上良子・小島恵津子・小島伸子・竹内甯子・豊田由美子・平本ひとみ（かわらのぎく）

**犬とねことさるの一文銭**／原話『おばばの夜語り』所収「犬とねことさるの一文銭」水沢謙一著 平凡社発行 一九七八年／再話 芦田恵子・川嵜明子・小林麻紀・倉田恵伊子・高島理恵・福田淑子・宮川美智子・若林佳代子（わらいかわせみ）

**天にあがった男**／原話『鈴木サツ全昔話集』所収「天さあがった男」小澤俊夫・荒木田隆子・遠藤篤編 福音館書店発行 一九九九年／再話 大嶋明子・金澤郁代・栗山香代子・向坂恵子・高瀬真澄・橋本みどり・前川容子・宮崎みゆき（八日天女）

**八百六つの孫むかし**／原話『奥会津のざっと昔』所収「八百六つの孫むがし」小林政一編 青森県文芸協会出版部発行 一九八一年／再話 井上良子・小島恵津子・小島伸子・竹内甯子・豊田

由美子・平本ひとみ（かわらのぎく）

**魔女の三つの鏡**／原話『世界の民話26 オランダ・ベルギー』所収「三つの鏡」小澤俊夫訳 ぎょうせい発行 一九八六年／再話 今井みな江・浦野玲子・久保和枝・宍戸佳子・兵藤和子・藤原文子・宮下弓子・矢部裕子（ここほれわんわん）

## 甲斐のむかしむかし 再話 山梨昔ばなし大学再話コース

**櫛形山の碁盤岩と天狗**／原話『甲州西郡筋「ふるさと・くしがた」の民話を尋ねて（民話・伝説・言い伝え）』所収「櫛形山の碁盤岩と天狗」甘利紘編 二〇〇七年／再話 秋山公美・遠藤恵美子・榊原佳美子・新藤恵・鈴木規子・樋口けさみ（南アルプスおとめ）

**柿の葉書籍**／原話『身延町のむかしばなし』所収「柿の葉書籍」南巨摩郡教育研究協議会南一支会53年度青少年文化部編 南巨摩郡教育研究協議会南一支会青少年文化部発行 一九七八年／再話 岩崎喜久子・小川亜紀・長澤麻理・望月千鶴子・渡辺真由美（えのころぐさ）

**かぎ鼻先生**／原話『甲州昔話集 全国昔話資料集成16』所収「かぎ鼻先生」土橋里木編 岩崎美術社発行 一九七五年／再話 押田真理子・片野保美・小林政子・小関雪恵・田中美智子（とびっこかい）

**強清水**／原話『甲斐傳說集』所収「強清水」土橋里木著　山梨民俗の会発行　一九五三年／再話　秋山公美・遠藤恵美子・榊原佳美子・新藤恵・鈴木規子・樋口けさみ（南アルプスおとめ）

**おもい**／原話『甲斐昔話集』所収「おもひの魔物」土橋里木著　郷土研究社発行　一九三〇年／再話　岩瀬浩美・鶴田佳恵・依田智子（おじゃっか）

**どうもこうも**／原話『續甲斐昔話集　諸国叢書第五編』所収「ドーモーとコーモー」土橋里木著　郷土研究社発行　一九三六年／再話　岩瀬浩美・鶴田佳恵・依田智子（おじゃっか）

**ふたりのづくなし**／原話『續甲斐昔話集　諸国叢書第五編』所収「二人のづくなし」土橋里木著　郷土研究社発行　一九三六年／再話　甘利しげの・小塩恵・清水富子・殿岡久美子・堀江妙子（おじょうもん）

**幽霊の始まり**／原話『續甲斐昔話集　諸国叢書第五編』所収「幽霊の始め」土橋里木著　郷土研究社発行　一九三六年／再話　甘利しげの・小塩恵・清水富子・殿岡久美子・堀江妙子（おじょうもん）

**山の一軒家**／原話『續甲斐昔話集　諸国叢書第五編』所収「山の一軒家」土橋里木著　郷土研究社発行　一九三六年／再話　岩崎喜久子・小川亜紀・長澤麻理・望月千鶴子・渡辺真由美（えのころぐさ）

**鳥のみ爺**／原話『富士北麓昔話集』収録「鳥呑爺」土橋里木著　山梨民俗の会発行　一九五七年／再話　押田真理子・片野保美・小林政子・小関雪恵・田中美智子（とびっこかい）

## うんとむかしのことだいね

再話　長野昔ばなし大学再話コース

**鼻取り地蔵**／原話『東部町誌民俗編』所収「片羽の鼻取り地蔵」東部町誌編纂委員会編　東部町誌刊行会発行　一九八九年〈参考〉『ふるさとの民話・その二』所収「鼻取り地蔵」東部町農協同組合編発行　一九九四年／再話　上原泉・小川竹子・北村直子・坂井弘子・坂井弘（あちっと）

**ぼっこ食いむすめ**／原話『信濃の昔話　日本の昔話29』所収「ぼっこ食い娘」岩瀬博・太田東雄・箱山貴太郎編　日本放送出版協会発行　一九八〇年／再話　有澤尋子・市川孝子・萩原節子・小椋桂子・中澤達枝（昔ばなし語りの会　あかり）

**小泉小太郎**／原話『小県郡民譚集』所収「小泉小太郎」小山眞夫著　郷土研究社発行　一九三三年／再話　上原泉・小川竹子・北村直子・坂井弘子・坂井弘（あちっと）

**天狗の生き針**／原話『信濃の昔話　日本の昔話29』所収「天狗の生き針」岩瀬博・太田東雄・箱山貴太郎編　日本放送出版協会発行　一九八〇年／再話　有澤尋子・市川孝子・荻原節子・小椋桂子・中澤達枝（昔ばなし語りの会　あかり）

**ぐつの話**／原話『信濃の昔話第一集』所収「ぐつの話」浅川欽一採録　株式会社和光発行　一九七四年／再話　宮嶋実佐紀・雨宮容子・五明ゆき子・滝澤輝美・轟美幸・柳沢安江・山川とし子・吉原正江・和田明子（夢来楽部）

**かも取り**／原話『奥信濃昔話集　全国昔話資料集成40』所収「鴨取権兵衛」浅川欽一編　岩崎美術

社発行　一九八四年／再話　池田承子・今井多恵子・篠塚真理子・中谷よし子・藤澤明美・吉澤志津江（雪割草）

**ムジナ**／原話『秋山物語』所収「ムジナ」浅川欽一採録編著　スタジオゆにーく発行　一九七七年／再話　池田承子・今井多恵子・篠塚真理子・中谷よし子・藤澤明美・吉澤志津江（雪割草）

**笠地蔵**／原話『續甲斐昔話集』所収「笠地蔵―1口から米が出る」土橋里木著　郷土研究社発行　一九三六年／再話　五明ゆき子・雨宮容子・滝澤輝美・轟美幸・宮嶋実佐紀・柳沢安江・山川とし子・吉原正江・和田明子（夢来楽部）

**河童の片腕**／『飛騨の伝説』所収「河童の片腕」小島千代蔵著　小島光政発行　一九八一年／再話　岩崎明子・池田美枝子・常光亮子（高山　さるぼぼ）

**稚児岩**／原話『土岐の昔ばなし』所収「稚児岩」北小路健監　郷土文化特別委員会編（社団法人）土岐青年会議所発行　一九七七年／再話　杉山喜美恵・中嶋千鶴子・山田典子・米原木ノ実（Team NOBUNAGA）

**しゃもじのたぬき**／原話『美濃の昔話　日本の昔話16』所収「しゃもじの狸」稲田浩二監編　日本放送出版協会発行　一九七七年／再話　杉山喜美恵・中嶋千鶴子・山田典子・米原木ノ実（Team NOBUNAGA）

**かえるの嫁さん**／原話『世界の民話1ドイツ・スイス』所収「蛙の嫁さん」小沢俊夫編訳　ぎょ

うせい発行　一九七六年／再話　岩崎明子・常光亮子・池田美枝子（高山　さるぼぼ）

## 連れのうて　きこうや　岡山の昔ばなし

### 再話　岡山昔ばなし大学再話コース

**占い八兵衛**／原話『岡山県昔話資料集なんと昔があったげな　上巻』所収「菜飯八兵衛」岡山民話の会（代表者・稲田浩二）編発行　一九六四年／再話　高本靖子・道広成子・伊丹弥生・浦上とし子（ＭＩＴＵ）

**椎茸の始まり**／原話『橋を架ける鬼―岡山県阿哲郡哲西町　賀島飛佐さんの民話』所収「椎茸の始まり」立石憲利編著　哲西町教育委員会発行　一九八八年／再話　今井博子・下山由佳里・永禮令子・藤井伊津子・滝山奈津実・山本泰子（津山グループ）

**見るなの引き出し**／原話『中国山地の昔話―賀島飛左嫗伝承四百余話―』所収「見るなの座敷」稲田浩二・立石憲利編　三省堂発行　一九七四年／再話　大森知子・山根薫子・児子千鶴子・菅田桂子・吉川裕美・津下正美・成田恭子・　寺谷育巳（わらしべグループ）

**坊主の化け物退治**／原話『蒜山盆地の昔話　昔話研究資料叢書１』所収「化け物問答」稲田浩二・

福田晃編著 三弥井書店発行 一九六八年／再話 今井博子・下山由佳里・永禮令子・藤井伊津子・滝山奈津美・山本泰子（津山グループ）

**ねこの恩返し**／原話『奥備中の昔話 昔話研究資料叢書8』所収「猫檀家」稲田浩二・立石憲利編著 三弥井書店発行 一九七三年／再話 高本靖子・道広成子・伊丹弥生・浦上とし子（MITU）

**ずるがしこいうさぎのはなし**／原話『岡山県昔話資料集なんと昔があったげな 下巻』所収「猿とかわうそと兎の話」岡山民話の会（代表者・稲田浩二）編発行 一九六四年／再話 大森知子・山根薫子・児子千鶴子・菅田桂子・吉川裕美・津下正美・成田恭子・寺谷育巳（わらしべグループ）

**くも女房**／原話『蒜山盆地の昔話 昔話研究資料叢書1』所収「食わず女房」稲田浩二・福田晃編著 三弥井書店発行 一九六八年／再話 赤松百合子・石田和子・岡部香・岡村純子・梶原由恵・古谷英子・藤原泉・三木健郎・山根薫子・吉川紗代・吉澤佳子（ひまわり）

**さる婿入り**／原話『美作の昔話 日本の昔話9』所収「猿聟入」立石憲利・前田東雄編 日本放送出版協会発行 一九七四年／再話 赤松百合子・石田和子・岡部香・岡村純子・梶原由恵・古谷英子・藤原泉・三木健郎・山根薫子・吉川紗代・吉澤佳子（ひまわり）

**へび女房**／原話『但馬昔話集 全国昔話資料集成27』所収「寺の鐘由来」谷垣桂三編 岩崎美術社発行 一九七八年／再話 内田祐子・田路久美・太田理子（さぎ草）

**トロルを妻にすると…**／原話『世界の民話3北欧』所収「トロルを妻にすると…」小沢俊夫編 櫛田照男訳 ぎょうせい発行 一九七六年／再話 内田祐子・田路久美・太田理子（さぎ草）

# シリーズ「子どもに贈る昔ばなし」刊行の言葉

小澤俊夫

昔話は口で語られ、耳で聞かれて伝承されてきました。それゆえ、単純で明快な語り口を獲得してきました。今、子どもたちへの読み聞かせ、語り聞かせが盛んに行われているとき、昔話本来の、単純で明快な語り口を守った昔話集が必要だと思います。

昔話は、主としていなかのお年寄りによって語り継がれてきたので、それをもっと文芸的に立派なものに創り直さなければならないという考えがありましたが、昔話の語り口の研究が進んでみると、お年寄りの語りは、実は、耳で聞かせるために研ぎ澄まされたものであることがわかってきました。

私は一九九二年から、昔話の語り口について講義する「昔ばなし大学」なるものを全国各地で開講しています。三年間基礎を学んだ後、二年間の再話コースがあり、さらに上級の再話研究会があります。そこで学んだ人たちは、昔話本来の語り口を守った再話の方法を習得してきました。このシリーズは、そこで学習し、再話の力を身につけた人たちが子どもに贈る昔ばなし再話集です。もちろん全話、私の厳重な監修のもとに生まれたものです。

全国各地で、かなり共通語化されながらも土地言葉で暮らしている人たちによる再話ですから、つくりものの方言ではなく、ほんとの日常語、土地言葉がふんだんに使われています。子どもたちが、いろいろな土地言葉を聞いて、日本語はひとつでないということを知ってくれたら、これも再話者として嬉しいことです。

昔話を原話として使うことを承諾してくださった、もともとの調査者、研究者の方々のおかげでこの再話集ができました。後世に遺すべき日本人の共有財産として、大変な努力と苦労を重ねて蒐集された貴重な資料です。それを現在の子どもたちの耳に届けられるようにしたい、という私たちの気持ちを理解してくださったことに感謝いたします。

**子どもに贈る昔ばなし16　占い八兵衛**

2017年4月16日発行

**再　話**　さがみ昔ばなし大学再話コース
山梨昔ばなし大学再話コース
長野昔ばなし大学再話コース
岡山昔ばなし大学再話コース

**監　修**　小澤俊夫

**発　行**　有限会社　小澤昔ばなし研究所
〒214-0014 神奈川県川崎市多摩区登戸3460-1　パークホームズ704
TEL　044-931-2050　E-mail　mukaken@ozawa-folktale.com

**発行者**　小澤俊夫

**編　集**　長崎桃子・鹿谷容子・伊藤尚子・妹尾良子・村上郁

**印　刷**　吉原印刷株式会社

**製　本**　株式会社渋谷文泉閣

ISBN978-4-902875-81-2　Printed in Japan


---

Doctor Know-All （Folktales for Children 16）
retold by the Folktale Academy
SAGAMI/YAMANASHI/NAGANO/OKAYAMA retelling course
edited by Toshio Ozawa
published by Ozawa Folktale Institute, Japan